書下ろし

人妻同級生

橘 真児

祥伝社文庫

目次

第一章　喪服の従姉《いとこ》

1

梅雨《つゆ》どきの晴れ間に恵まれた、六月も終わりに近い日曜日――。

法要が終わり、お坊さんを玄関から送り出すと、伯母《おば》はホッとした顔を見せた。

「おかげさまで七回忌も無事終わりました。本当にありがとうございました」

後ろに控えていた親戚たちを振り返り、深々と頭を下げる。

当時五十代後半だった夫を病気で亡くしたときには、数ヶ月も看病したあとだったせいもあり、かなりやつれていたそうだ。けれど、あれから六年も経った今は悲しみも癒《い》え、以前の明るい伯母に戻っているように見えた。

「そんな改まった挨拶《あいさつ》は、坊さん相手だけにしとけや」

伯母の弟が茶化し、一同が笑う。それからみんなで座敷に戻り、宴会の準備が始まった。

(あとは飲み会だけか……)

座敷に置かれたテーブルのまわりに座布団《ざぶとん》を並べながら、駒木和良《こまきかずよし》はなんとなく居心地の悪さを感じていた。

両親と一緒に伯父《おじ》の法事に出席したのは、仕事が忙しくて葬式のときにも帰郷できなかったお詫《わ》びの意味もあった。父の兄である伯父には、大学進学や就職のときにお祝いをもらったり、東京で住むところを世話してもらったりと、何かと世話になったのだ。

そのため、せめて七回忌はと一週間の有給休暇をとり、故郷に戻ったのである。それがつい昨日のことであった。

日本海に面したここ波岡《なみおか》市は、人口十万人足らずの小さな市だ。地方の宿命か人口減に少子高齢化も重なって、街全体にあまり活気が見られない。

和良は就職後に一度帰って以来、八年ぶりぐらいの帰郷である。どこもかしこもほとんど変わっておらず、発展どころかむしろ寂《さび》れたように感じられたものだから、戸惑《とまど》いを隠せなかった。大学からずっと東京で、都会の暮らしに慣れてしまったせいもあるのだろうか。生まれ育った地にもかかわらず、ここはすでに自分の居場所ではないような疎外感《そがいかん》すら覚えた。

伯父宅に来て、親戚の面々と顔を合わせたときにも、その気持ちは変わらなかった。むしろ、より強くなったぐらいだ。

同じ町内ということもあり、小さい頃はよくこの家に遊びに来た。和良はひとりっ子だったが、伯父には娘がふたりいた。従姉《いとこ》たちから遊んでもらい、伯父夫婦からも本当の子伯父夫婦からも本当の子供みたいに可愛《かわい》がってもらった。

あとで聞いた話なのだが、伯父は男の子が欲しかったらしい。そのため、甥《おい》である和良に、実の娘と同じぐらいに目をかけたのだろう。だからこそ、折々にお祝いを贈ってくれたのだ。

ただ、和良が伯父宅に遊びに来ていたのは、中学に上がるまでだった。友達付き合いや部活動で忙しくなったためと、次第に女らしくなる従姉たちが眩《まぶ》しくて、無邪気に遊ぶことができなくなったからである。

（そう言えば、この座敷で遊んで、叱《しか》られたこともあったっけ）

こんなところで遊ぶんじゃないと顔を真っ赤にして怒ったのは、伯父ではなく当時存命だった祖父だ。あのときはここに立派な屏風《びょうぶ》が広げられ、床の間には古い掛け軸や、高価そうな花生けもあったから、壊されてはたまらないと思ったのだろう。どれもこれも、先祖から受け継いだ貴重なものに違いない。

和良の家は手狭な建売住宅だが、長男である伯父が継いだ駒木の本家は、昔ながらの大きな和風住宅だ。今は床の間に法事の祭壇が設《しつら》えられている座敷も、二十畳ほどの広さがある。だから子供だった和良は妙にテンションがあがり、ついはしゃいで走り回ったのだ。

その同じ場所に大きなテーブルをふたつ配置し、刺身や揚げ物の皿が並べられる。準備が整い、親戚一同が十名以上も顔を揃《そろ》えたところは、なかなかに壮観だった。

（こういうのって、小学生のときにもあったかな）

あれは祖父の葬儀のときではなかったか。まあ、親戚がこれだけ集まるのは葬式か結婚式、それから法事ぐらいのものだろう。

あの頃は子供だったから、たくさんの大人を前にしても緊張することはなかった。知らない顔はひとつもなく、お小遣いやお年玉をもらっていた親戚のおじさんおばさんたちだったからだ。

けれど、顔ぶれはほとんど変わっていないのに、大人になった今のほうが落ち着かないし、肩身も狭い。おそらく、人間関係の良い面ばかりでなく、煩《わずら》わしさも嫌というほどわかったから、こんな気持ちになるのだろう。

それに、自分がどんなふうに見られているのかも気になるから。

出席者は亡き伯父の妻である伯母と次女。それから和良の両親である弟夫婦と、遠方から訪れた妹夫婦。あとは伯母の弟夫婦と、伯父の叔父やいとこなどが会していた。

肩身が狭かったのは、自分がその場で最年少だったせいもある。おまけに近い世代は、昔遊んでもらった従姉——伯父の次女で、二歳上の佐枝子《さえこ》だけだ。長女は出産が近いということで、法事には来ていなかった。

「和良君は、いくつになったんだっけ？」

向かいに坐《すわ》った伯母の弟——日吉《ひよし》に訊《たず》ねられ、和良は居住まいを正した。

「あ、はい。三十一になりました」

「まだ東京なんだろ？　いずれこっちに戻ってくるのかい？」

「いえ、それはまだ……」

和良は言葉を濁《にご》し、隣の両親をチラッと見た。けれど、ふたりとも我関せずというふうに、他の親戚と談笑している。

父は本家から独立しているので、ひとりっ子でも家の跡継ぎなど求められてはいない。だからこそ、東京で就職することにも反対しなかったのだ。

老後の面倒ぐらいは期待しているのかもしれないが、ようやく父親が還暦を迎えたばかりであり、仕事も嘱託《しょくたく》として続けている。頼られるのは、まだ先の話だろう。

「まあ、そのうち戻ってくるんだろ？　親を放っておくわけにもいかんから」

日吉は独《ひと》りごちるように言い、うんうんとうなずいた。

彼の家も市内にあり、この家で顔を合わせることがよくあった。和良の家とは血縁関係がなくとも、付き合いは古かったのだ。

ただ、和良がいずれ故郷に帰るなどと決めつけるようなことを口にしたのは、同じ地元で長い付き合いの気やすさからばかりではあるまい。彼自身の願望ではないのかと、和良は思った。

日吉はまだ五十代半ばであるが、先のことをあれこれ考えているようである。ひとり娘の嫁ぎ先について、ずいぶん口を出していると聞いたことがあった。婿《むこ》をとれとまでは強要していないようだが、市内か近隣の相手でなければ許さないのだとか。

そのことを知っていたから、和良は自分が特に制約を受けていないことを話したくなかったのだ。何か小言をいわれそうな気がして。

「仕事は医療関係だったっけ？」

「そうですね。医療機器の販売で、営業をしています」

「じゃあ、あちこちの病院を回ってるわけか」

「はい」

「そうすると出会いもあるわけだな。女医さんとか看護婦とか」

好色そうな笑みを浮かべられ、和良は鼻白んだ。ただ、年上の親戚相手にあからさまな態度はとれず、

「そんなことありませんよ」

と、苦笑する。しかし、日吉は納得しなかった。最初から燗酒《かんざけ》を飲んでいた彼は、すでに顔全体が赤らんでいる。かなり酔っているようだ。

「いや、そんなことあるだろうさ。東京なら若くて綺麗な女が選《よ》り取《ど》り見取《みど》りだろうから、彼女なんてすぐに見つかるんだろ？」

その言葉に、和良は我知らず眉間《みけん》のシワを深くした。実際に、営業で知り合った病院の事務職の女性と、三年以上も付き合っていたからだ。

そして、つい先月、別れたばかりなのである。

『そろそろ潮時《しおどき》だと思うのよ』

彼女――奈美《なみ》から告げられた言葉が、不意に蘇《よみがえ》る。最初にそれを聞いたとき、いよいよ結婚を決意したのかと思ったのだ。デートでディナーを愉《たの》しみ、気持ちが盛りあがっていたときであったから。

ところが、続いて告げられたのは、真逆のことであった。

『わたしも三十になったから、そろそろ将来を真剣に考えるときだと思うの。お付き合い

をするのなら、結婚するのに相応《ふさわ》しい相手と真剣に交際すべきだし、おままごとみたいな恋人ごっこをしてる場合じゃないわ』

ようするに結婚相手に相応しくないと、面と向かって言われたようなものだ。おまけに、さらに衝撃的な告白が飛び出した。

『わたし、お見合いすることにしたの。今お付き合いしてるひとたちとの関係を終わらせて。だから、和良ともこれっきりにしたいのよ』

奈美が付き合っていたのは自分だけでなかったと知り、愕然《がくぜん》とする。二股をかけられていたのか、あるいはそれ以上なのかはわからない。あまりのことに、確認する気力もなかった。

そして、そこまで言われれば、引き止めようという気になどならない。ショックはショックであったが、おかげで未練を残さず別れることができた。

後になって、あれはすっきり別れられるよう彼女が仕組んだことで、二股も三股もなかったのではないかと思えてきた。ふたりでいた時間を考えても、そんなことは不可能であったから。まあ、他の男とはメールや電話のやりとりぐらいであったのなら別だが。

また、同じ職場の人間と付き合っていたとも考えにくい。自分たちの交際は、彼女の同僚たちも公認だったのである。

ともあれ、ふたりの関係はあっさりと終焉《しゅうえん》を迎えた。

和良のほうは、奈美との結婚を考えていた。そろそろ正式にプロポーズしてもいいのではないかと考えていた矢先の別れで、だからショックが大きかったのだ。

忘れようとしていたことを思い出し、和良はあからさまに不機嫌な顔をしていたらしい。

「なんだ、まだ彼女がいないのか？」

日吉がちょっと怯《ひる》んだ表情をしたことで、眉《まゆ》が強《こわ》ばっていたことに気づく。

「いえ……まあ、ぼちぼちですよ」

取り繕《つくろ》って答えたものの、「ぼちぼちって年でもないだろう」と、あっさり返されてしまった。

結婚して家庭を持たないと一人前だと認めてもらえない傾向が、特に田舎《いなか》では強い。結婚したら結婚したで、子供を作るよう急《せ》かされるのが常である。

少子化という、国の将来がかかった問題を考慮すれば、そうやって周囲がうるさく口を出すぐらいがいいのかもしれない。和良とて、ちゃんと家庭を持ちたいと考えて、奈美と付き合っていたのだ。彼女が言った、おままごとみたいな恋人ごっこなんてつもりは、これっぽっちもなかった。

そうやって先のことを考えていても、うまくいかないことがある。今の和良としては、放っておいてくれというのが本音だった。

もっとも、ずっと年配の親戚相手に、そんな生意気な口がきけるほど、和良は常識はずれではなかった。

「すみません。今は仕事が忙しくて、彼女どころじゃないんです」

と、愛想《あいそ》笑いで誤魔化《ごまか》す処世術は心得ている。

「そんなこと言ってないで、早く親を安心させてやれよ」

日吉は説教じみたことを口にして、けれどそれ以上和良をかまおうとはしなかった。代わって標的になったのは、彼のひとり置いた隣に坐っていた姪《めい》、佐枝子であった。

「佐枝子はもう三十三になったんだよな」

身を乗り出し、大声で訊ねた叔父に、彼女は露骨《ろこつ》に嫌な顔を見せた。

「まだ三十二です。誕生日が来たら三だけど」

「なんだ、あと二ヶ月もねえじゃねえか。だったら三十三でいいだろ」

「よくありません。ったく、デリカシーがないんだから」

佐枝子が本気で怒っているふうな顔を見せる。ここまで素直に対応できるのは、それだけ気の置けない間柄だからだろう。

ただ、彼女も和良と同じく独身である。そのことを日吉がねちねちと責めてくるに違いないと、もちろんわかっているのだ。

「さ、ちゃんと叔父さんの話を聞きなさい」

ふたりのあいだにいた遠縁の女性が、気を遣って佐枝子と場所を代わる。こうるさいやりとりを頭越しにされるのが、気詰まりだったのかもしれない。

渋々日吉の隣に移った佐枝子であったが、彼のほうにからだはもちろん、顔すら向けようとはしなかった。ビールのグラスに口をつけ、素知らぬフリでコクコクと飲む。

だが、そんなことでお節介の叔父が追及をやめることはなかった。

「三十二でも三でも、いい年には違いないんだから、そろそろちゃんと考えたらどうだ?」

「ちゃんと考えてますよ。誰にも言ってないだけで」

「だったら、その考えをおれに話してみろよ」

「素面《しらふ》のときに話します。でも、叔父さんはウチに来るといつも酔っ払ってるから、たぶん一生まともな話なんてできないと思いますけど」

「チッ。そういう厭味《いやみ》ったらしいところは母親譲《ゆず》りだな」

「おかげ様で」

姪っ子にうまくあしらわれて、日吉は面白くなさそうだ。初めはどうなることかとハラハラして見守っていた和良も、従姉のそつがない応対に感心した。

（変わってないな、佐枝子姉ちゃん……）

小さかった頃はよく遊んでもらったが、ふたつ上の彼女は常に場を取り仕切っていた。佐枝子の三つ上の姉、長女の幸子《さちこ》が一緒のときでも、何をして遊ぶのかを決めるなど、リードするのは次女であった。

小学校も同じところだったが、中学でも和良が一年のとき、三年生に佐枝子がいた。すでに家へ遊びに行くような関係ではなくなっており、最上級生の彼女は生徒会の役員をしていたこともあって、やけに遠い存在に思えた。

それはきっと、同い年の少女たちの中でもひと際目立つ大人っぽい顔立ちのせいもあったのだろう。おまけに、鼻筋がすっと通った美人であった。佐枝子は間違いなく父親似だ。

大人びた美貌は、本物の大人になった今は、年齢相応になったと言える。法事に相応しい黒の礼服が、完璧すぎて近寄り難《がた》さを覚えるほどに似合っていた。

今は地元の商事会社に勤め、主任になっているそうだ。部下を厳しく指導し、バリバリ働いているであろう姿が容易に想像できた。

一方、本日は不在である、見た目は母親似の長女のほうは、ほんわかしたおとなしい性格であった。だから遊ぶときも、妹の言いなりになっていたのだろう。しかしながら、得てしてそういうタイプのほうが、人生の伴侶を見つけるのは早かったりする。

「そう言えば、幸子の予定日はいつだったかな？」

日吉の質問に、佐枝子は眉間のシワを深くした。

「いちおう来週ですけど、今度も遅れるんじゃないかってお医者さんは言ってました。お姉ちゃんはのんびり屋ですからね」

僻《ひが》むような口ぶりは、早くも三人目を産もうとしている姉への嫉妬《しっと》心からだろうか。

長女の幸子は高校卒業後に市役所に勤め、同じく役所勤めの夫と二十二歳で結婚し、退職した。家庭に入った二年後には長男が誕生し、五年後には長女を授かった。そして、今のところ次男か次女か不明の第三子が、間もなく生まれようとしている。

順調に家庭を築き上げている姉は、佐枝子にとってコンプレックスに違いない。自分のほうが勉強もできたし、大学にも進学した。何事もリードしていたはずなのに、いつの間にか主役の座を奪われてしまったのだから。

和良は、結婚に関して両親からは特にうるさく言われていない。だが、未だに親元生活の佐枝子は、母親からも事あるごとに急かされていると聞いた。そうなると、毎日が針の筵《むしろ》のようなものではないのか。

「いくらのんびりしてても、ちゃんと生まれれば問題ないさ。三人目か。佐枝子もせめてひとりぐらい産んで、親父さんの墓前に報告しなくちゃな」

「ええ、そのうちに」

「そのうちになんて悠長なこと言ってると、すぐに更年期だぞ。産める時期は限られてるんだからな」

辛辣《しんらつ》な物言いに、佐枝子の表情がますます険しくなる。

責められてばかりの従姉に、和良は同情した。同じ境遇であるのもそうだし、もうひとつ理由があった。

そのとき、佐枝子がこちらをチラッと見た。その目が救いを求めているように見えたものだから、何とかしなければという気持ちになる。

和良は咄嗟《とっさ》にこの場から逃れる口実を考えた。

「あ、佐枝子さん、中学のときの名簿って、まだ持ってますか？」

「え、名簿？」

「おれ、同級会の幹事になったんですけど、連絡を取ろうにも昔の名簿が見当たらなくって。たしか全学年の名簿がありましたよね。佐枝子さん、持ってませんか?」

そう言って目配せをすると、彼女はこちらの意図を察したようだ。

「ああ……どうだったかしら。昔のものは全部とってあるから、探せば見つかると思うけど。何ならあたしの部屋まで来て、探すのを手伝ってくれる?」

「はい。すみません、こんなときに」

「いいのよ。忘れないうちに探しましょ」

ふたりは周囲の親戚たちに断わり、座敷を出た。

日吉は不満げな顔を見せたものの、酔っているからすぐに忘れて、他の者との話に興じるだろう。それは他の親戚たちについても言えることで、若手のふたりが席を立ったことなどまったく気にしていないようだ。

賑《にぎ》やかなやりとりは、座敷を離れて二階に上がってからも聞こえていた。

2

「助かったわ。ありがとう」

部屋に入ってから佐枝子に礼を言われ、和良は「いえ」とかぶりを振った。

「おれも少しうんざりしてたところですから、うまく抜け出せてよかったです」

「ホントよね。あたし、みんなと飲むのは嫌いじゃないんだけど、ああいう話題になるとちょっとね。向こうは愉しいかもしれないけど、肴《さかな》にされるこっちはたまったもんじゃないわよ」

「同感です」

うなずくと、けれど彼女は訝《いぶか》るように眉をひそめた。

「カズ君、どうしちゃったの?」

「え、何がですか?」

「やけに他人行儀になっちゃって。さっきも『佐枝子さん』なんて呼ばれたからびっくりしちゃった。ずっと『佐枝子姉ちゃん』って呼んでたのに」

「ああ……」

「おまけに、ずっと敬語を使ってるし。たしかに会うのは久しぶりだけど、そんなふうによそよそしくされると、ちょっと嫌だな。昔はよくいっしょに遊んだ仲なのに」

思ったことをストレートに述べるところは、かつての佐枝子そのままだ。けれど、今はお互いに子供ではないのである。いい年をして、従姉を「姉ちゃん」なんて呼ぶのは照れくさい。いくら心の中ではそう呼んでいるのだとしても。

「とにかく、これから敬語禁止よ。さ、坐って」

和良は勧められるままに、ベッドに腰かけた。その隣に、佐枝子が少しもためらわずに並んで坐る。

従姉の部屋である八畳の和室に入るのは、小学生のとき以来になるのか。いや、もう少し後になってから、たしか中学のときにこの家へ来たときにも、しばらく遊んでいるように言われてここに招かれたのではなかったか。

ただ、さすがに三十路《みそじ》を過ぎた今は、室内は少女時代とは趣《おもむき》が異なっていた。置いてあるものはベッドにデスクに洋服ダンスと、それほど変わってはいない。ただ、どれも大人の使用に耐えうるものに買い替えられていた。それから、大きな鏡のついたドレッサーは、昔はなかったはず。

違っているのはインテリアばかりではない。彼女が中学に入ってから、この部屋に入るとミルクに似た甘い香りを嗅《か》いで、悩ましさを覚えたことを和良は思い出した。

自分が中学生になってからは、教室で女子とすれ違うたびに同じものを嗅ぎ、胸がときめくのをどうすることもできなかった。今から思えば、異性という存在を強く認識するようになったのは、従姉の部屋で嗅いだ匂いが最初だったのである。

そして、佐枝子が和良の初恋の相手であった。

まだ子供だったから、当時は好きという気持ちを自覚していなかった。けれど、あとで振り返ってそうだったとわかる。幸子がいなくて、佐枝子と部屋でふたりっきりだったときなど、やたらと胸がドキドキしていたのだ。

ときおりスカートの中が見えたこともあって、そんなときは気がつくとペニスが硬くなっていた。まだ性欲とは無縁の年頃であったのに。

だからこそ、叔父に責められる彼女が可哀相《かわいそう》になり、救ってあげたのだ。過去形ではあるが、好きだった女性を守るために。

懐かしい従姉の部屋も、今はさすがに思春期の乳くささは影をひそめている。室内にこもるのは化粧品と香水の混じったかぐわしさだ。同じものは、隣に坐っている佐枝子からも漂《ただよ》ってくる。

ただ、普段寝起きするベッドに腰かけているせいか、かつて嗅いだものに似た甘ったるい匂いも感じられる。寝汗に素の体臭がミックスされた、彼女そのものと言っていいフレグランスだ。

和良は懐かしい匂いに鼻を蠢《うごめ》かせた。そのおかげで昔に戻った気分になり、従姉に対して構えた気持ちがなくなったようだ。

「ねえ、カズ君って彼女いるの？」

佐枝子に唐突な質問を浴びせられ、我に返る。

「え?」

「さっき、日吉の叔父さんに訊かれて、いないみたいなこと言ってたじゃない。でも、付き合ってたひとがいるんだよね」

「え、ど、どうして知ってるの?」

「前にカズ君のお母さん――叔母さんから聞いたもの。東京に彼女がいるって」

奈美と付き合っていたことを、家族に話したことはない。だが、息子が遠く離れた地でよろしくやっていたことは、母親は見抜いていたのだろうか。

「……まあ、いたことはいたけど」

「どうして過去形なのよ?」

追及され、和良は仕方ないと打ち明けた。

「別れたんだ。つい最近だけど」

「え、どうして?」

「理由はわからないよ。一方的に別れようって言われたんだから」

和良が奈美の言葉を、すべて佐枝子に話したのは、同性ならば彼女の真意を見抜けるのではないかと思ったからだ。あるいはこちらの気持ちを試すつもりだったのかとか、本当は別れたくないのにやむを得ない事情があったから、わざと怒らせるようなことを言ったのではないかなどと、あとから考えたことも余さずに伝えた。

しかし、従姉の意見はごくシンプルだった。

「何か意図があったんじゃないかっていうのは、考え過ぎね。その子はただカズ君と別れたかっただけよ。新しい生活を始めるために」

「え、そうなの？」

「そりゃ、カズ君にしてみたら面白くないから、もしかしたら自分のために身を引いたんじゃないかとか、あれこれ期待したくなるだろうけど、そこまでの思いやりを持っているのなら、そもそも別れるはずがないじゃない。男と別れるのに、女はそんな面倒くさいことはしないわよ。単純に、別れたいから別れたの」

「だ、だけど、どうして？」

「いろいろと吟味《ぎんみ》した結果、カズ君は結婚相手に相応しくなかったたっていうのが本音でしょ。たぶん、いいお見合いの話が来たから乗り換えたんじゃない？」

身も蓋《ふた》もないことを言われ、和良は顔をしかめた。だが、佐枝子に断言されると、そうなのかなと思えてくる。

「ただ、あたしはその奈美って子のチョイスは、まったく理解できないけど」

「え、どうして？」

「たとえ、どれだけいいお見合いの話が来たのだとしても、カズ君よりも優しくて頼りになる男なんていないわよ。まあ、あたしはカズ君のことを昔から知ってるから、わかるわけだけど」

べた褒めされ、和良は照れくさくて目を泳がせた。そこまでの男ではないと、自分が一番よく知っている。だが、初恋の相手である従姉からそこまで言ってもらえると、単純に嬉しかった。

「あ——ありがと」

礼を述べると、佐枝子のほうも照れくさくなったらしく、しかめっ面で視線をはずす。

会話が途切れたものだから気まずくなり、今度は和良のほうから彼女に質問した。

「そういう佐枝子さんは、好きなひととかいないの？」

言葉遣いは昔のようにくだけたものになったけれど、また「さん」付けで呼んでしまい、従姉からギロリと睨《にら》まれる。

「あ、さ、佐枝子姉ちゃん」

「うん、よろしい」

佐枝子は空咳《からせき》をひとつすると、誤魔化すことなく正直に答えた。

「今はそういうひとはいないけど、昔はいたわよ」

「あ、そうなんだ」

「当たり前じゃない。あたしだってこの年まで、ちゃんと女をやってきたんだもの。最初のボーイフレンドは高校生のときだし、男のひとと本格的に付き合ったのは大学生のときだし、就職してからも何人かとお付き合いしたわよ。ただ、日吉の叔父さんが知らないところで」

男よりも自分の生き方が大事というタイプに見えたのに、けっこう恋多き女だったようで意外に感じる。そうすると初体験は大学時代だったのかなと、和良は下世話なことも考えた。

ただ、彼女は初恋の相手であり、他の男に抱かれたという事実に胸がチクッと痛む。すでに三十路を過ぎ、熟女と呼ばれてもいい年になっているにもかかわらず。だいたい、和良自身も他の女性と深い関係になっていたのだ。

(勝手だよな……)

やれやれと思ったところで、佐枝子がこちらをじっと睨んでいることに気がついた。

「え、な、なに？」

「カズ君、変なこと考えてない？」

「へ、変なことって⁉」

咎《とが》める眼差《まなざ》しにどぎまぎする。彼女の男性関係について、品のない想像をしたことを見抜かれたのだろうか。

「あたしが男を取っ替え引っ替えするような、だらしのない女だって」

どうやら男性遍歴を告白したことで、尻軽だととられたのではないかと心配になったようだ。

「そんなこと思わないよ。だって、佐枝子姉ちゃんは美人だから、たくさんの男に言い寄られても不思議じゃないし」

思っていたことを素直に述べれば、佐枝子がうろたえて赤面する。

「び、美人って、あたしはそんな……」

そんな反応をされると、和良のほうも恥ずかしくなる。それでつい、余計なことを口走ってしまった。

「本当だよ。佐枝子姉ちゃんは昔っから大人っぽくて綺麗だったたし、だからおれは——」

危うく初恋のひとであることまでバラしそうになり、焦《あせ》って口をつぐむ。だが、佐枝子は聞き逃さなかった。

「だから、なに？」

「いや、あの」

口ごもった和良を、彼女はそれ以上追及しなかった。ただ、探るようにこちらを見つめてくる。

「そう言えば、彼女と別れて一ヶ月ぐらい経つんだっけ?」

佐枝子が唐突に質問を投げかけてきた。

「そうだね……そのぐらいかな」

「じゃあ、別れてからずっとしてないわけ?」

「え、してないって?」

「だから、セックス」

ストレートな言葉を告げられ、思わず絶句する。けれど、彼女は真剣そのものの顔つきだった。

「そりゃ——相手がいなくちゃ、できるわけないし……」

つぶやくように答えれば、さらにあらわなことを訊ねられる。

「だけど、我慢できるの?」

どうしてそんなことを質問するのか、理解に苦しむ。それでも、和良は懸命に答えを探した。

「いや、まあ、できるのかっていうより、我慢しなくちゃいけないわけで……」

「じゃあ、我慢できなくなったら、やっぱりそういうお店に行くの？」

そういうお店とは、風俗店のことだろう。

「いや、そこまでしようとは思わないし、お金がもったいないから自分で処理するよ」

言葉を濁《にご》したものの、自慰《じい》行為を打ち明けたことに頰《ほお》が熱くなる。すると、佐枝子が素《す》っ頓狂《とんきょう》な声をあげた。

「え、自分でって、オナニーのこと⁉」

またもストレートに言われ、和良は仰天《ぎょうてん》した。つい「う、うん」とうなずいてしまう。

「へえ……カズ君もそういうことするんだ」

感心したふうに相槌《あいづち》を打たれ、居たたまれなくなる。オナニーなどしない真面目《まじめ》な人間だと思われていたのか。

しかし、そうではなかったようだ。

「オナニーって、せいぜい二十代までの、若いひとしかしないんだと思ってたわ。それも独り身の」

ちゃんとパートナーがいるいい大人は、オナニーなどしないと決めてかかっていたらしい。

「いや、そんなことない——と思うよ。今なんて三十代の独身はざらにいるし、しょっちゅう風俗に行くわけにもいかないから、ほとんどの男は自分でしてるんじゃないかな」

「ふうん。あ、でも、さすがに彼女がいたらしないわよね？」

「それもどうだろう。少なくとも、おれはしてたけど」

「え、どうして？」

驚いた顔をされ、和良は戸惑った。

「だって、彼女と毎日会えるわけでもないし、会っても必ず抱きあってたわけじゃないもの。いっしょに住んでたのならともかく、セックスだって多くて週二回がせいぜいだったから」

「それだけしても我慢できないの？」

「まあ、我慢できるできないはともかく、セックスとオナニーは別物なんだよ。男女の改まった営みじゃなくて、手軽にスッキリするための手段っていうか」

佐枝子につられて、いつの間にか大胆な告白をしていることに気づく。だが、彼女が生真面目な態度を崩《くず》さなかったものだから、それほど羞恥《しゅうち》を感じずに済んだ。

「そうすると、あたしと付き合ってた男も、あたしの知らないところでこっそりオナニーしてたってこと？」

「まあ、おおっぴらにするようなことじゃないけど、たぶん」

「そっかあ……けっこうサービスしてたのになあ」

残念そうに嘆《なげ》く従姉に、和良は心の中で（いや、それは関係ないから）とツッコミを入れた。ただ、サービスの内容がどんなものなのかと考え、また悶々《もんもん》とする。

（セックスだけじゃなくって、手や口でもしてあげてたのかな……）

真面目そうでも、性に関してはオープンなのかもしれない。だからこんな話題も平気なのではないか。

ただ、付き合った相手が何人もいたわりに、男の生理をあまり理解していないようである。

（佐枝子姉ちゃんは、恋人とどんなセックスをしてたんだろう）

そんなことを考えながら従姉の顔を見ていたら、何だかおかしな気分になってきた。

和良は邪念を払うように目を伏せた。と、黒いストッキングに包まれた脚が視界に入り、ドキッとする。

三十二歳の熟《う》れたボディがまとうのは、ワンピースタイプの黒い礼服だ。夏向きらしく、七分丈の袖は生地が薄くて、二の腕が透けていた。

彼女のフォーマルな装《よそお》いを目にするのは、これが初めてだった。法事という改まった日に不謹慎ながら、妙に色っぽく感じる。ワンピースの裾も膝を隠しており、脛から下しか見えない。だが、黒の薄物に包まれた足がやけにセクシーで、透ける爪先《つまさき》をつい凝視してしまう。

「ねえ、カズ君が初めてオナニーしたのって、いつ?」

またも唐突に妙なことを訊かれ、和良は面喰らった。

「え——ど、どうしてそんなこと訊くのさ!?」

「だって、気になるじゃない。ほら、あたしだってそのうち結婚して、子供を産むかもしれないわけでしょ。それが男の子だったら、年頃になったときに母親としてはいろいろ悩むと思うのよ。女の子のことなら理解できても、男の子は未知の生き物なんだもの。だから、今のうちにそういうことも知っておきたいの」

もっともな理由のようで、ただの口実とも聞こえる。けれど、かなり露骨な話をしたあとだから、それほど抵抗なく打ち明けられた。

「おれは中学生になってからだよ。もっと早くに始めてたヤツもいたみたいだけど」

「じゃあ、中一のとき?」

「うん」

「入学してすぐに?」

「いや、たしか夏だったよ。夏休み……ううん、その前ぐらいかな」

「やり方を知ってたの？」

「ぼんやりとは。ただ、初めてのときは、オナニーって感じじゃなかったんだ」

「え、どういうこと？」

「あそこをさわると気持ちいいのは、その前から知っていたから、風呂場でずっといじってたんだ。石鹸《せっけん》をつけて。そうしたら、いきなり変な感じになって、気がついたら白いのが出てたんだよ」

そこまで告白して、いったい何を言っているのかと頬が熱くなる。幼い頃を知っている従姉相手でも、さすがに恥ずかしい。だいたい、精通のことを他人に話すなんて、これまでになかったのだ。

おそらく、佐枝子が茶化すことなく真剣に聞いてくれたから、包み隠さず打ち明けることができたのだろう。なるほどという顔で相槌を打たれ、おかげで羞恥も薄らいだ。

「じゃあ、それが初めての射精？」

「そうだよ」

「へえ。だったら、自分の息子がお風呂場でごそごそしてたら、注意が必要ってことね」

そんなところまで監視されては、彼女の子供が気の毒である。どうか女の子が生まれますようにと願うしかない。

「あ、だけど、男の子は寝てるあいだにも精液が出ることがあるって聞いたけど」

「夢精のこと？　それはもっとあとになってから、一度だけあったよ。オナニーをしてたからだと思うけど、そっちはほとんど経験がないんだ」

「ふうん……じゃあ、あの頃のカズ君は、もうオナニーで精液を出してたのね」

佐枝子が遠くを見る眼差しになる。この家に遊びに来ることはなくなっていたが、一年間は同じ中学に通っていたのだ。そのときのことを思い出しているのではないか。

「やめてよ、そんなふうに言うのは」

さすがに居たたまれなくて文句を言っても、彼女はべつにいいでしょという顔で反論した。

「だって、あの頃のカズ君は、いかにも素直で純真な男の子って感じだったんだもの。そんな子がオナニーしてたなんて、ちょっとショックだなあ」

落胆をあらわにされても、勝手なことを言ってくれると思うだけだ。だったらと、和良は同じ質問を彼女にぶつけた。

「じゃあ、佐枝子姉ちゃんはいつだったの？」

「え、何が？」

「初めてオナニーしたの」

これには、初恋の美女の頬がたちまち朱に染まる。

「な、なな、何てこと訊くのよ⁉」

「佐枝子姉ちゃんが先に質問したんじゃないか」

「だからって――あのね、女性にそんな破廉恥《はれんち》なことを訊くもんじゃないの。それに、女の子はオナニーなんてしないのよ」

立場が危うくなると女性を理由に逃げるなんて、あまりに勝手すぎる。

（女はオナニーをしないなんて、今どき誰が信じるんだよ）

だいたい、そこまでうろたえるのは、実はしていますと告白しているようなものだ。納得できなかったものの、ここは年上をたてることにして、和良は追及せずに引き下がった。

「まったくもう……」

佐枝子がブツブツこぼしながら、紅潮した頬を両手でパタパタと煽《あお》ぐ。まるっきり子供みたいなむくれかたで、和良はほほ笑ましく感じた。

と、彼女が何かを思い出したふうにこちらを見る。

「あ、でも、オナニーしたのは中学に入ってからでも、オチンチンはその前から大きくなってたわよね？」

「え？」

「勃起っていうの？　この部屋でカズ君と遊んでたとき、ズボンの前がもっこりしてたのを何度か見たもの。たしか、カズ君が五年生ぐらいのときから」

この指摘に、和良は驚愕《きょうがく》で言葉を失った。

当時、折りに触れてペニスが硬くなっていたのは間違いない。そのときのモヤモヤした悩ましさも憶えている。

しかし、まさかそれを従姉に気づかれていたとは、思いもしなかった。

「そのときって、決まってあたしがスカートを穿《は》いてたときだったから、ひょっとしてパンツが見えて昂奮《こうふん》したのかなって思ったんだけど。ねえ、そうだったの？」

そこまで見抜かれていては、とても否定できない。口調は問いかけのそれながら、彼女はそうであると確信しているようだ。

和良は観念し、「うん……」と弱々しくうなずいた。

「ああ、やっぱり勃起してたんだ。まあ、見せちゃったあたしも悪いんだけど、小学生でも女の子のパンツに昂奮するし、勃起もするんだね」

感心したふうに言われ、その場から逃げ出したくなる。

（……佐枝子姉ちゃん、ひょっとしておれが勃起するかどうか確かめるために、わざとパンツを見せてたんじゃないだろうか）

活発だった佐枝子は、あの当時、外ではほとんどジーンズなどのパンツスタイルだったはず。ところが、ふたりで部屋にいるときは、なぜだかスカートのことが多かったのだ。家の中だからそうしているものとばかり思っていたが、意図的だった可能性がある。

もっとも、そんなことを問い詰めても、はぐらかされるだけだろう。和良は諦《あきら》め、俯《うつむ》いて羞恥に耐えた。

「じゃあ、今もそうなの？」

問いかけと同時に覗《のぞ》き込まれる気配を感じ、和良は「え？」と顔をあげた。佐枝子の顔がすぐ近くにあったものだから、心臓がパクンと不穏な音を立てる。

「い、今もって？」

「あたしのパンツを見たら、カズ君、勃起するの？」

誘っているともとれる大胆な発言に、喉《のど》がコクッと鳴る。まさかと思って下を見れば、従姉の手がワンピースの裾をそろそろとたくし上げていた。

けているかのよう。

3

（嘘《うそ》だろ――）

黒いナイロンに透ける美脚が、徐々に全貌を現わす。膝から下はすっきりとした眺めだったのに、太腿《ふともも》は意外とむっちりして肉感的だ。成熟した女らしさを、誇らしげに見せつけているかのよう。

当然ながら、かつて目にした少女期の下半身とは異なっている。

「さ、佐枝子姉ちゃん、酔ってるんじゃないの？」

喉の渇きを覚えつつ訊ねると、「んー」と考え込む声が聞こえた。

「ビールをコップで三杯ぐらい飲んだだけだから、酔ってるってほどじゃないわ。あたし、お酒はけっこう強いのよ」

いや、そんなことは訊いてないからという言葉を、告げられずに呑《の》み込む。そうすると、佐枝子は素面でこんなことをしているというのか。

そして、何もできぬまま固まっていると、ワンピースが大胆にめくりあげられる。パンティストッキングをまとった下肢が、あらわにさらけ出された。

黒い薄地越しに見えるのは、清楚な白い下着である。上から秘毛が覗けそうに穿き込みが浅いながらも、レース飾りがエレガントだ。

中心に黒い縦線を描くシームが、やけにいやらしい。腰と脚の切り替え部分、編目の濃淡の境目も煽情的《せんじょう》に映る。

(佐枝子姉ちゃん……)

女として充分に成熟したことをあからさまにする従姉の艶腰を、和良は息を呑んで凝視した。

別れた奈美のセクシーな姿も、何度も目にした。けれど、特に交際期間があとになってからは、今のようにどうすればいいのかわからなくなるほど、心を動かされることはなかった。それだけ男女の関係に慣れきっていたからだ。

(ひょっとして、それが面白くなくて、奈美はおれと別れたんだろうか)

付き合い始めの頃のようなときめきが、おそらく彼女のほうにもなくなっていたのではないか。そのせいで、新しい相手を求めたくなったのかもしれない。

知り合ってからの長さなら、佐枝子のほうがずっと上だ。けれど、単なるいとこ同士の間柄で、エロチックな状況に置かれたことはない。せいぜい彼女のパンチラにドキドキしたぐらいだ。ここまであられもない姿は新鮮で、だから惹《ひ》き込まれてしまうのか。

それに、しばらく交流が途絶えていたことも、情欲を高める理由になったのだろう。知らぬ間に色っぽくなっていた従姉に驚きを感じ、それが欲望へと昇華された気がする。

普段隠されているところを年下の男にじっと見られて、さすがに羞恥を覚えたらしい。佐枝子が太腿をすり合わせる。それでもワンピースの裾を戻すことはしなかった。

それどころか、腰を浮かせておしりのほうもあらわにし、下半身を完全に晒《さら》したのだ。パンティは後ろ側も布の面積が小さいらしく、サイドの細い部分しか見えていない。もっちり重たげな尻肉がまる見えだ。

(ああ、素敵だ)

魅惑《みわく》のヒップラインにも見とれる。まさに女の色香が匂い立つというふうだ。実際になまめかしい甘酸っぱさがたち昇り、鼻腔を悩ましくさせていた。

(これ、佐枝子姉ちゃんのアソコの匂いなのか?)

そんなことを考えたら、ますますたまらなくなる。

「物欲しそうな目しちゃって……」

なじる声にハッとする。顔をあげると、佐枝子が濡《ぬ》れた眼差しを向けていた。

「ね、オチンチン、硬くなった?」

問いかけられ、分身が強ばりきっていることにようやく気づく。そこは雄々しく脈打ち、早くも欲望の粘液を鈴割れに滲《にじ》ませているようだ。ブリーフの裏地が亀頭に張りつく感触がある。

しかし、さすがに首肯《しゅこう》することはできなかった。

「ねえ、勃《た》ってるんでしょ？」

品のない言葉で確認した佐枝子が、パンストの下半身を晒したまま、いきなりこちらに手をのばしてきた。遮《さえぎ》る間もなく、股間の高まりを握られてしまう。

「あうっ」

疼《うず》いていた部分をしなやかな指に捉《とら》えられ、腰がビクンと跳《は》ねあがるほどの快感が生じる。いきり立っていたものが、さらなる力を漲《みなぎ》らせたようだ。

「ほら、こんなに大きくなってるじゃない」

咎める口調で睨みながらも、瞳に熱情が浮かんでいる。年上の女がその気になっていることを、和良は悟《さと》った。

「ね、見せて」

佐枝子がズボンのベルトに手をかける。法事に相応しい黒のスーツ姿の、下だけを脱がされてしまった。中のブリーフごとまとめて。

（ああ、見られた）

下腹に張りつかんばかりに反《そ》り返るペニスに、佐枝子が目を見開く。鈴割れが粘っこい透明液で濡れているところも、しっかり見ているに違いない。

何人もの男と付き合ってきたようだから、猛《たけ》る牡茎を目にするのは初めてではないはず。なのに、こんなにも凝視するのはなぜだろう。身じろぎもせず、生まれて初めて蛇と対峙《たいじ》した幼児のようだ。

たまらなく恥ずかしいのに、和良はあやしい昂《たか》ぶりにまみれていた。視線を浴びる分身が、やたらと脈打って頭を振る。

「……あの可愛かったのが、こんなになっちゃったのね」

このつぶやきに愕然とする。いつの間に見られていたのだろう。

「さ、佐枝子姉ちゃん、いつおれのを見たんだよ!?」

問いかけに、彼女が横目で睨んでくる。いいところなのに邪魔しないでと、咎めるような眼差しで。

「カズ君とお風呂に入ったことがあったじゃない。それから、素っ裸になってビニールプールで遊んだこともあったし。忘れたの?」

まったく記憶にないことだから返答に窮《きゅう》する。そうすると、かなり幼い頃の話なのだろうか。だったら憶えていなくても不思議はない。

だが、そんな幼少時と比べられるのは心外だ。それこそ完全に皮を被《かぶ》った、アスパラガスの穂先みたいなペニスだったろうから。

もっとも、幼かった性器を憶えていたからこそ、後年、従弟の勃起現象を目撃したときに、どうなっているのかと気になったのかもしれない。それでわざとスカートの中を見せ、ふくらむところを観察したのではないか。

だとすれば、こうしてナマの従弟ペニスを目にしたのは、積年の夢が叶ったとも言えよう。実際、そんな比喩《ひゆ》が大袈裟《おおげさ》とも言えないぐらいに、佐枝子は飽きもせず赤く張りつめた亀頭を凝視していた。

「ね、さわってもいい？」

目を屹立《きつりつ》に向けたまま、彼女が許可を求める。さっきは断わりもなく握ったのに、直《じか》に触れるのは抵抗があって、許しを得ないと勇気が出ないのか。

「べつにいいけど」

和良は勿体ぶった答え方をした。本当はすぐにでも握って欲しかったのに、欲望をあからさまにするのが照れくさかったのだ。

すると、白魚の指が怖《お》ず怖ずとのばされる。焦《じ》れったいほどの時間をかけてから、ようやく指が回った。

「あああ……」

身をよじりたくなる快《こころよ》さが、じんわりと広がる。握りが強められ、佐枝子はわずかにベタつくのも厭《いと》うことなく、さわり心地を確かめているようだ。

「すごく硬いわ」

ため息をつくように感想が述べられる。

「カズ君、三十一って言ったよね。なのに、どうしてこんなに硬いの？」

「どうしてって……べつに普通だと思うけど」

そんな年でもないから、このぐらいは当たり前ではないのか。まあ、初恋のひとでもある従姉に握られ、かなり昂奮していたのは確かだが。

「だけど、あたしが――」

何か言いかけた佐枝子が口をつぐむ。あるいは三十過ぎの男と付き合ったことがあり、そいつはここまで硬くならなかったのか。そして、それを年のせいだと言い訳されたのだとか。

「佐枝子姉ちゃんの手が気持ちいいから、こんなになったんだよ」

お世辞でもなく告げると、彼女の頬がさらに紅潮する。

「バカ……」

小声でなじったものの、満更《まんざら》でもなさそうだ。

ペニスが手指に馴染《なじ》んだことで、ためらいがなくなったらしい。佐枝子は包皮を上下させ、牡の強ばりを刺激しだした。

「あ、あ、佐枝子姉ちゃん」

和良が声をかけると、整った美貌が向けられる。頬ばかりか目許も赤らみ、やけに色っぽくなっていた。

「なあに、もうイッちゃいそうなの？」

含み笑いで問いかけられ、本当にかなりのところまで高まっていることに気がつく。やはり昂奮しすぎていたようだ。

「だって、すごく気持ちいいから……」

「それだけじゃないでしょ？　彼女と別れてから何もしてなくて、溜まってたんじゃないの？」

いきなりの別れ話がショックで、オナニーの回数が減っていたのは事実だ。溜まってるというのは、あながち間違っていないかもしれない。

「ほら、アタマのところがこんなにパンパンになってる。破裂しちゃいそうだわ」

もう一方の手が人差し指をのべ、鈴口に溜まったカウパー腺液を亀頭粘膜に塗り広げる。くすぐったさの強い快感が生じ、和良は腰をよじって呻《うめ》いた。

「うう、そんなにしたら、本当に出ちゃうよ」

「いいわよ。遠慮しないで出しなさい」

佐枝子の手がリズミカルに動く。余り気味の包皮が亀頭に被さっては剝《む》け、巻き込まれた先走り液がクチュクチュと音を立てた。

（いいのか……）

精液をほとばしらせたい欲望は、ぐんぐん募《つの》っている。やはり恋人にサービスしていたらしく、しごき方も巧《たく》みだった。

おまけに、和良の脚を開かせると、真下のフクロにも触れたのである。

「ほら、タマタマもこんなに持ちあがってる。気持ちよくなってるんでしょ？」

男のオナニーに関する知識はお寒いばかりだったが、感じたときにどうなるのか、どうすれば快いのかはちゃんとわかっているようだ。クリッと固まった陰嚢《いんのう》が柔らかで温かな手に包み込まれ、すりすりと優しく撫《な》でられる。

「あ――さ、佐枝子姉ちゃん」

和良はたまらずのけ反り、膝をガクガクと震わせた。

「ほら、いっぱい出しなさい」

愛撫を続け、悦《よろこ》びにまみれたペニスを見つめる従姉の瞳は、キラキラと輝いていた。半開きの唇《くちびる》からは、吐息がせわしなくこぼれているようである。

(佐枝子姉ちゃんも昂奮してるのか……?)

そんな疑問が浮かんだところで、理性の堤防があっ気なく崩れた。

「あ、いく——出るよ」

口早に告げるなり陰嚢の手がはずされ、亀頭に被せられる。精液を飛び散らせないための措置《そち》だろう。

(あ、佐枝子姉ちゃんの手にかかっちゃう)

しかし、それが背徳的な昂ぶりを生み、狂おしいまでの悦びへと昇華される。

「あうう、ホントにいく」

めくるめく絶頂感に巻かれ、和良は熱い滾《たぎ》りを勢いよく噴き出した。

びゅるんッ——。

しゃくりあげたペニスからほとばしったものがどうなったのか、佐枝子の手に隠されて見えない。ただ、白くて綺麗な手指を穢《けが》したのは間違いなかった。

申し訳なさに苛《さいな》まれながらも、粘っこい体液をドクドクと放出する。

「あん、熱い……」

つぶやいた従姉が、牡の漲りをしごき続ける。おかげで蕩《とろ》けるような歓喜が長く維持された。

青くさい独特の香りがたち昇る。それを佐枝子も嗅いだのだろう。悩ましげに小鼻をふくらませた。

そうして、放精のやんだペニスから手をはずし、手のひらをベットリと汚した白濁液を確認する。

「こんなにいっぱい……」

またつぶやいて手を鼻先にかざし、匂いを嗅ぐ。うっとりした表情は、かつて恋人を射精させたことを懐かしんでいるようにも見えた。

4

かなりの射精量だったにもかかわらず、和良の分身はピンとそそり立ち、勢いを誇示していた。

「まだ硬いまんまじゃない」

手に付着した精液をティッシュで拭《ぬぐ》った佐枝子が、はち切れそうな肉棒を握って不満げになじる。せっかくしてあげたのにどうしてと、気分を害しているようだ。

「ひょっとして、気持ちよくなかったの？」

頬をふくらませた彼女に、和良はオルガスムスの余韻にひたりながらもかぶりを振った。

「そんなことないよ。ものすごく気持ちよかった。たぶん、よすぎたからもっとして欲しくて、小さくならないんだよ」

「なによ、それ。ホントは、ただ溜まってるだけなんじゃないの？」

こちらを睨みつけたものの、佐枝子はバツが悪そうに視線をはずした。手にした肉根を見つめ、小さなため息をついてから緩《ゆる》やかにしごく。

「くああ……」

射精直後のため、快感の中に鈍い痛みが混じっている。けれど、それもすぐに消えて、悦び一色となった。

「元気だわ、とても……こんなに脈打っちゃって」

悩ましげにつぶやいた年上の女が、ベッドの上でヒップをモジつかせる。ワンピースを腰までめくりあげたままだから、パンストの下半身がまる見え状態だ。

そんな美女がすぐ隣にいて、しかも強ばりきったペニスを愛撫しているのである。和良は再び劣情にまみれ、初恋のひとを心から欲した。

「佐枝子姉ちゃん……おれ、佐枝子姉ちゃんとしたい」

燻《くすぶ》っていた思いが、唇からポロリとこぼれ落ちる。途端に、彼女はハッとしたように身を強ばらせた。愛撫の手も止まり、脈打つものを強く握る。

その手からためらいが伝わってくるのを感じ、和良は自らの発言を後悔した。

(何を言ってるんだよ、おれは——)

今の状況は、佐枝子が導いたものである。だが、ここまでしてくれたのだからと、図に乗っているのではないか。

彼女もさすがに最後まで許すつもりはなかったに違いない。ただ、牡の昂奮状態を気の毒に感じ、処理してくれただけなのだ。

そう自分自身に言い聞かせたものの、従姉が「いいわ……」と答えたものだから現実感を失った。

「え、いいって?」

こちらから求めたくせに、馬鹿みたいなオウム返しの問いかけをしてしまう。すると、彼女はわずかに眉をひそめた。

「でも、ずっとふたりでいたらみんなに怪しまれるから、早く済ませてね」

覚悟を決めた面持《おもも》ちに、和良は目眩《めまい》を起こしそうになった。

（いいのか、本当に⁉）

とても信じられない。なのに、ペニスははしゃぐみたいに勢いよく脈打ち、先走った透明液を溢《あふ》れさせる。頭にも血が昇り、のぼせたみたいになった。

「佐枝子姉ちゃん――」

和良は我慢できず、熟れた女体に抱きついた。

「キャッ」

不意を衝かれた佐枝子が仰向けに倒れる。追い縋《すが》ろうとする従弟から逃れるように、ベッドの上でからだを反転させた。

（え⁉）

心臓がパクンと音を立てる。黒いパンストに、臀部《でんぶ》の丸みがそのまま透けていたからだ。

彼女はTバックを穿いていたのである。

（佐枝子姉ちゃんが、こんないやらしい下着を穿いてるなんて！）

父親の法事でまとったフォーマルな装いの下に、露出過多なインナーを着用していたとは。いや、礼装だからこそ、いっそう煽情的に映るのかもしれない。

意外に大きくて丸々とした熟れ尻は、もちろんナマ身も魅力的なのだろう。だが、薄物を介することで、エロチックさがより際立っていた。

編目の伸び具合によって陰翳《いんえい》がくっきりし、丸みの凹凸があからさまだ。影が濃くなった谷底からは、淫靡《いんび》な匂いが漂ってきそうである。

（なんていやらしいおしりなんだ……）

和良は理性を粉砕され、気がつけば従姉の尻に抱きついていた。Tバックの細身が埋まった割れ目に鼻面《はなづら》を突っ込み、パンストのなめらかさと、お肉のぷりぷり具合を同時に堪《たん》能《のう》する。

「ちょっと、ヤダ」

佐枝子が抗《あらが》い、尻を振って逃れようとする。だが、尻ミゾ内の蒸れた汗の匂いに劣情を高められた和良は、逃がすまいとむしゃぶりついた。息を深々と吸い込み、さらに深いところまで鼻の頭を埋没させる。

「何してるのよ、バカっ！」

彼女が身を翻《ひるがえ》したのは、臀裂の奥にこもる恥ずかしい匂いを嗅がれてはまずいと思ったからではないのか。ところが、仰向けになったことで、今度は魅惑のデルタゾーンに鼻面を突っ込まれてしまう。

（ああ、すごい）

温めたヨーグルトみたいな、悩ましさの強い媚臭が嗅覚を刺激する。こちらも汗のすっぱみが含まれていた。ほんのり磯《いそ》くさいのはオシッコの成分だろうか。

和良が犬のように鼻を鳴らしたものだから、何をされているのか悟ったらしい。

「イヤイヤ、そんなとこ嗅いじゃダメ」

佐枝子が抵抗し、脚をジタバタさせる。おかげで、より深いところまで顔を突っ込むことができた。

（え、これは……）

二重のインナーで守られた陰部に、鼻頭がめり込む。熱くなったそこに湿り気まで感じられたものだから、和良は胸を躍らせた。

（佐枝子姉ちゃん、濡れてるのか!?）

さっき尻をもぞつかせていたのは、ペニスを愛撫することで昂ぶったためなのか。いや、あるいはその前から、淫《みだ》らな気持ちを抱いて蜜を滲ませていたのかもしれない。ひょっとしたら、従弟を部屋に招き入れたときから。

だからこそ際どい会話をして、こういう流れに持ってきたのではないか。

より濃密になった乳酪臭は、ヨーグルトからチーズの匂いに変化した。魚介類の薫製《くんせい》に似たかぐわしさも感じられる。

（これが佐枝子姉ちゃんの——）

初恋のひとの秘密を暴き、胸が歓喜に高鳴る。考えてみれば、シャワーを浴びる前の女芯を嗅ぐのは初めてだ。女性でもこんなに生々しい匂いを発するものなのかと、意外な発見に驚いた部分もあった。

もちろん、感激こそすれ、軽蔑することはない。

「もう、いい加減にしないと怒るわよ」

本気で気分を害したふうな声に、和良は慌てて顔を離した。怒らせたのかと思えば、従姉が目に涙を溜めていたものだからドキッとする。

「カズ君の意地悪……あんまり恥ずかしいことしないでよ、バカ」

震える声で咎められ、罪悪感を覚える。羞恥をあらわにした顔立ちが、あまりに可愛らしかったせいもあった。

「ごめん……」

素直に謝ると、佐枝子は機嫌を直してくれた。パンストに両手をかけ、寝転がったまま自ら脱ぎおろす。

「ほら、早くしちゃって」

急かしたのは、照れ隠しからだろう。女らしい肉づきの下半身をさらけ出すと、膝を立てて牡を迎えるポーズをとった。

「さ、来て」

声をかけられ、和良はナマ唾を呑みながら礼服のジャケットを脱いだ。だが、すぐに覆《おお》いかぶさることはせず、彼女の脚のあいだにふらふらと屈み込む。

陰部には黒々とした秘毛が繁茂し、くすんだ色の肌がわずかに覗いている。恥唇の佇《たたず》まいはほとんどわからない。だからよく見たかったのと、あの淫靡な秘臭をもう一度嗅ぎたかったのだ。

しかし、顔を寄せる間もなく「何してるのよ!?」と咎められる。

「え？　あ——あの、佐枝子姉ちゃんのアソコを濡らさなきゃと思って」

誤魔化すと、佐枝子が頬を紅潮させる。狼狽《ろうばい》して目を泳がせた。

「そんなことしなくていいわよ。あ、あたしはもう、できるようになってるんだから」

濡れている自覚があるらしい。それに、洗っていない秘部をあれこれされることにも抵抗があったのではないか。

ともあれ、そこまで言われては進むことができない。和良は諦めて身を起こし、従姉の脚のあいだに腰を割り込ませた。

「ほら、ここ」

しなやかな指が牡茎を握って導いてくれる。亀頭が濡れ割れにめり込むと、そこは温かな蜜が溢れていた。

(こんなに濡れてるなんて……)

ということは、舐《な》められるよりもペニスを挿《い》れてほしかったから、和良を急かしたのだろうか。膣の入り口部分も、早く早くとねだるように蠢いている。

佐枝子は手にした漲りを上下させて恥割れをこすり、潤滑液を満遍《まんべん》なく牡の先端に塗り込めた。それから指をはずし、両手で従弟の二の腕にしがみつく。

「いいわよ、挿れて」

情欲の滲んだ眼差しで見つめられ、和良は全身に熱い血潮が滾るのを感じた。法事の日に、喪服の彼女とセックスをすることへの罪悪感は、不思議と湧いてこない。

「うん、いくよ」

しっかりとうなずき、腰を真っ直ぐに送る。

「あ、あ——」

焦った声をあげた年上の女が首を反らす。窮屈な入り口部分を亀頭の裾がぬるんと乗り越えると、あとはスムーズに蜜窟に呑み込まれた。

（うう、気持ちいい）

柔ヒダが強ばりをヌルヌルとこする。どこまでも入っていきたかったが、ふたりの恥骨が重なったところでストップした。

「はあ――」

佐枝子が大きく息をつく。同時に、膣がキュウッとすぼまった。

「うああ」

心地よい締めつけに、和良は腰を震わせた。快さがふくれあがったのと同時に、好きだった従姉と結ばれた実感がこみ上げる。

（おれ、とうとう佐枝子姉ちゃんと――）

今日、久しぶりに彼女と顔を合わせたときには、こんなことになるなんて予想もしなかった。いや、ふたりで部屋に入ったときももちろん、ペニスをしごかれたときだって。

夢のような状況に、すっかり有頂天になっていたのかもしれない。和良はすぐさま気ぜわしいピストンに移行し、熟れた女体を責めまくった。

「や、ヤダ、ちょっと――」

佐枝子の制止もかまわず、膣奥をズンズンと突く。だが、十往復もしないうちに二の腕を抓《つね》られてしまった。

「イテテ」

思わず悲鳴をあげた和良であったが、従姉が涙目になっているのに気がついて動揺する。乱暴にしすぎて苦痛を与えたのかと思ったのだ。

「バカ……そんなに激しくしたら、下のみんなに気づかれちゃうでしょ」

「あ――」

そんなこと、少しも気にしていなかったからハッとする。いくら広くても旧《ふる》い家だから、振動が伝わりやすいのだ。

「それに、あたし……久しぶりなんだからね、セックスするの。もっと優しくしてくれたっていいじゃない」

拗《す》ねた眼差しで睨まれて、胸が締めつけられる。悪いことをしたという気持ちと同時に、愛しさも胸に満ちた。

（本当に可愛いな、佐枝子姉ちゃん）

かつて遊んでもらった年上のひと。けれど今は対等の男と女になっていた。

「ごめん。優しくするよ」

答えると、佐枝子が恥じらった笑みをこぼす。和良の頬を手のひらでそっと撫でた。

「カズ君、やっぱり変わったわね」

「え？」

「とても男らしくなったわ。オチンチンだけじゃなくって」

優しさといたわりに触れ、和良は自尊心が高まるのを感じた。奈美にフラれたことで、男としての自信を失いかけていたのだが、再び元の自分に戻れた気がした。

それどころか、新しく生まれ変われた心地すらしたのだ。

（ありがとう、佐枝子姉ちゃん……）

ただ、照れくさくもあったから、お礼を口には出さなかった。代わりに、ゆったりした腰づかいで女芯を抉《えぐ》る。

「あ――くぅうン」

佐枝子が悩ましげに喘《あえ》ぎ、からだを波打たせる。牡を受け入れた内部が蠕動《ぜんどう》し、ピストン運動との相乗作用で快感が大きくなった。

「ああ、すごく気持ちいい……佐枝子姉ちゃんの中、温かくてヌルヌルしてるよ」

「ば、バカ。そんなこといちいち言わなくていいから――あ、あふぅう」

なじりながらも息をはずませ、佐枝子が喜悦に喘ぐ。交わる性器がヌチュヌチュと粘っこい音をこぼすようになった。

そのうち彼女のほうが、スローな抽送では物足りなくなったようだ。

「も、もっと激しくしていいわ」

年上の威厳を崩さないよう、あくまでも許可を与えるかたちでのおねだりをする。無理しなくてもいいのにと内心で苦笑しながら、和良は腰づかいを徐々に速くした。

「あ、あ、あ……い、いいわ。気持ちいい——」

彼女は瞼《まぶた》を閉じ、一心に悦びを追う。感じて汗ばんだのか、全身から甘酸っぱい匂いをたち昇らせた。襟《えり》元から覗く白い肌にも、細かな汗の粒が光り出す。

喪服を乱してよがる従姉に、和良も昂ぶる。つい勢いよく動いてしまったものの、セミダブルサイズのベッドが軋《きし》んでいることに気がついた。

（あ、まずい——）

慌てて動きを抑制するものの、今度は佐枝子が不満げに眉根を寄せる。自分から注意したくせに、明らかに激しくされることを望んでいるようだ。

和良はなるべく音が立たないよう腰づかいを工夫し、一定のリズムをキープして女体を責め苛んだ。おかげで、彼女を満足させることができたようである。

「あ、感じるぅ」

あらわなことを口走り、両脚を男の腰に絡《から》みつける。いよいよ感極まったのか、突かれるたびに「あっ、あ——」と甲高い嬌声を発するようになった。

（まずいぞ、声を聞かれるかもしれない）

許可を得なくていいのか迷ったものの、そんな場合ではない。和良は従姉の唇をくちづけで塞《ふさ》いだ。

「ん――んんッ」

その瞬間、佐枝子は呻きながらも抵抗することなく、いきなりのキスを受け入れてくれた。舌を差し出し、こちらが与えるものに絡めてくれる。

深いキスを交わしながら、リズミカルな抽送を続ける。上も下もしっかり繋がることで、悦びも倍になるようだ。

和良もぐんぐん高まる。二度目の爆発の予兆が見えてきたとき、佐枝子がくちづけをほどいた。

「ふは――あ、イキそう」

その言葉は、牡の絶頂も呼び込んだ。

「う、お、おれも」

「いいわ……あああ、な、中に出しても」

許可を得て、あとは無我夢中で快感を追う。短い時間なら大丈夫だろうと、気ぜわしく女芯を抉りまくった。

「ああ、あ、イクイク、ううう、イッちゃうぅ」

佐枝子もアクメ声を発し、蜜窟をすぼませる。それが和良の忍耐を粉砕した。

「さ、佐枝子姉ちゃん——」

呻いて名前を呼び、ねっとり蕩けた膣奥にザーメンをほとばしらせる。

「くううう、あ……出てるぅ」

牡の精を浴びた女体が、ヒクヒクと波打った。

あとはふたり重なったまま、ぐったりしてベッドに沈み込む。交錯する吐息が、周囲の湿度を上げているように感じられた。

どれぐらいそうしていただろう。

「——佐枝子」

部屋の外から声がして、和良は心臓が停まるかと思った。

(あ、まずい——)

法要後の宴会の真っ最中だったことを、ようやく思い出す。声の主は、佐枝子の母親であった。

「はーい、なあに」

驚いたのは、従姉がごく普通の声音で対応したことだ。さっき、あんなにいやらしくよがっていたことが信じられないぐらいに。おまけに、萎《な》えていたとはいえ、ペニスも膣に嵌《は》まったままなのだ。

　幸いなことに、部屋の戸が開けられることはなかった。

「和良君もそこにいるの？」

「うん、いるよ。ごめん。ちょっと話し込んじゃってたから」

「そろそろ降りてきてちょうだい。母さんだけでみんなの相手をするの、疲れちゃったもの」

「わかったわ、今行くから」

「早くね」

　そんなやりとりのあと、廊下を去っていく気配がして、階段を下りる足音も小さく聞こえた。

「ふうー」

　それまで息を殺していた和良は、肺に溜まっていたものを一気に吐き出した。すると、佐枝子が愉快そうに白い歯をこぼす。

「びっくりしたわね」

　などと言いながら、少しも驚いた様子がない。なんて度胸があるのかと、和良は感心した。

「じゃ、そろそろ行こうか」

「う、うん……」

和良はのろのろと腰を引いた。ほぼ平常状態に戻っていたペニスが、膣からあっ気なく抜け落ちる。

「あ、ティッシュとって」

「え？　あ、うん」

和良はベッドの脇にあったボックスから何組か抜き取り、彼女に渡した。

「ありがと」

受け取ったもので、佐枝子は秘部を拭った。ひと組だけ残し、畳んだそれを股間に挟んだまま、Tバックとパンストを穿く。

従姉のそんな挙動を、和良はぼんやりと眺めた。濡れた分身を拭こうともせず、ベッドの横に突っ立ったまま。

「ちょっと、なに見てるの？」

視線に気がついた彼女に睨まれ、ようやく我に返る。

「あ、ああ、ごめん」

「仕方ないじゃない。カズ君がいっぱい出したヤツが、奥からトロトロって出てくるんだもの」

佐枝子がティッシュを股間に挟んだ理由を述べ、ワンピースの裾も戻す。ベッドの端から足をおろし、和良をしょうがないなという顔つきで見つめた。

「こっちに来て」

「え？」

「早く」

手招きされて彼女に近づけば、萎えたペニスを握られる。ふたり分の淫液で濡れたそこに、さっきくちづけを交わした唇がいきなり接近した。

「あうぅッ」

口に含まれ、チュッと吸われる。舌が躍り、こびりついたものをこそげ落とした。

（こんなことまでしてくれるなんて――）

申し訳なく感じながらも、くすぐったい気持ちよさに身をよじる。ただ、海綿体はいくらか充血したものの、再び凛然《りんぜん》となることはなかった。

唇がはずされると、鈴口とのあいだに粘っこい糸が繋がる。それをピンク色の舌が舐め取った。

「さ、早くズボンとパンツを穿きなさい」

牡の性器を口で清めた従姉が、年上ぶって命じる。床に落ちていた衣類を、和良は慌てて拾いあげた。

そのとき、不意に罪悪感がこみ上げた。

第二章　想いびとは人妻

1

（どうしてあんなことしちゃったんだろう）

和良は悔《く》やまずにいられなかった。もちろん、佐枝子とセックスをしたことについてだ。

伯父の法事の日に、しかも親戚たちが故人を偲《しの》んで酒を酌《く》み交わしていたときに、欲望を貪《むさぼ》ったのだ。それも、伯父の忘れ形見である従姉《いとこ》と。

最初に誘ったのは佐枝子のほうである。だが、交わりを欲したのは和良だった。しかも一度射精させられたあとに、図々しく求めたのだ。

ふたりで座敷に戻ったとき、何かよからぬことをしていたのではないかと、怪しんだ親戚はひとりもいなかった。それだけ信頼されていたというより、要は誰も想像すらしない不埒《ふらち》な行ないをしたわけである。咎《とが》められなかったことで、和良の罪悪感はかえって大きくなった。

ただ、佐枝子と結ばれたことそのものについては、むしろよかったと感じていた。何しろ初恋の相手だったのであり、積年の夢が叶ったという心地すらあった。帰省してよかったとも思った。

つまり、時と場所さえ後ろめたいものでなかったのなら、悔やむことはなかったのだ。

しかしながら、あのセックスを後悔しているのは、佐枝子も同じらしかった。宴席に戻ったあとこそは、みんなと変わりなく歓談していたし、和良とも普通に言葉を交わしていた。

ところが、夜になって和良の携帯に電話をかけてきたのである。

『あれはなかったことにしましょう』

きっぱりと告げた彼女は、けれど和良とは違った意味で後悔していたようだ。

『あたしたちはいとこ同士なんだし、やっぱりああいうのってよくないのよ。その場の勢いでしちゃったけど、セックスはやっぱり好きあった者同士がすることだわ。お手軽な相手と、欲望にまかせて慰《なぐさ》めあうなんて不毛だし、それじゃ、盛ってる犬や猫と変わらないじゃない』

身も蓋《ふた》もない喩《たと》えに、和良はあんまりすぎると思った。少なくとも彼は、佐枝子のことが好きだったのだから。

『だから、あのことはもう忘れてちょうだい。あたしも忘れるわ。それがお互いのためなのよ』

年上からそこまで言われては、受け入れざるを得ない。和良は渋々「わかったよ」と答えた。

佐枝子は、法事のときに淫《みだ》らなことをしてしまったなどと、時と場所に関して悔やんでいたわけではない。従弟と関係を持ったことそのものを後悔していたのだ。

あのときは多少なりともアルコールが入っていたから、酔った挙げ句大胆なことをしてしまったと、あとで恥ずかしくなったのかもしれない。しかも、彼女のほうから性的な展開に持っていったのだから。

佐枝子にはなかったことにと言われたが、和良はあの甘美なひとときを忘れるつもりはない。大切な思い出として、胸の奥にしまっておくことにした。ただ、従姉の秘められた部分をしっかり見られなかったのは心残りであるが。

それはともかくとして、不安なことがなかったわけではない。

（佐枝子姉ちゃん、おれのことが嫌いになったんじゃないよな……）

恥ずかしい匂いを嗅《か》いだりして、デリカシーのない男だと愛想を尽《つ》かされたとか。

いや、そんなはずはない。佐枝子はペニスを受け入れてくれたし、牡《オス》のほとばしりを注ぎ込むことも許してくれたのだ。せっかく親密な関係になれたのに、初恋のひとに嫌われたとあっては悲しすぎる。

けれど、その心配は杞憂《きゆう》に終わった。翌日も付き合ってほしいと、彼女に頼まれたからである。

ただ、デートのお誘いなんて喜ばしいものではなかったが。

「中学のときの友達が入院したの。ひとりでお見舞いに行くのは気が重いし、誰かいっしょに行ってくれないかなって思ってたのよ」

待ち合わせ場所のショッピングモールに行くと、先に来ていた佐枝子が説明する。少しだけ甘い期待を抱いていた和良は、そういうことかと落胆した。

「だけど、仕事はいいの？」

「法事で日曜日がつぶれちゃうから、そのぶん休みたくて有給を取ったの」

花屋でお見舞い用の生花を買い、病院に向かう。もったいないぐらいに晴れた空は蒼《あお》く澄み渡り、暖かな陽射しが降り注いでいた。

せっかく結ばれたのをなかったことにされてしまったけれど、青空の下をこうして佐枝子とふたりで歩けるのは、照れくさくも悪くない気分だ。それこそデートのような気分になってくる。

「中学のときの友達って、女の子？」

「ううん、男。まあ、親しかったってわけじゃないけど、同じ地元にいるんだし、半分は義理みたいなものかしら」

「義理って……」

「カズ君も憶えてるんじゃない？　生田俊秋《いくたとしあき》君。生徒会長だったひと」

「ああ」

和良はうなずいた。もっとも、その人物は生徒会長としてというより、違う部分で記憶に残っていたのだが。

それも、決して愉快ではないことで。

(そっか……佐枝子姉ちゃんも生徒会の役員だったし、その関係で)

お見舞いに行くのも、彼のことが心配でというわけではなさそうだ。お見舞いの花を買うときにも店員に聞いて、とにかく無難なものでいいからと選んでもらっていた。

「生田さんって、どんなひとだったの？」

和良の問いかけに、従姉は口をへの字にして「んー」と唸《うな》った。

「まあ、生徒会長をやってたぐらいだし、勉強はできてたわよ。ただ、努力家じゃなくって、妙な知恵が働くって感じだったけど」

なんとなく微妙な褒め言葉である。彼女の表情も、その人物を懐かしんでいるようには見えなかった。

「だけど、選挙で選ばれたんなら、人望があったんだよね」

「まあ、口はうまかったからね。立会演説でも、とにかく一般ウケすることを並べて、しかも話し上手だったから、彼をよく知らない下級生とかは、だいたい票を入れたんじゃないかしら。ほら、顔もまあまあよかったし」

それでは、よく知っている人間は、彼をまったく信用していなかったことになる。

和良自身は、生田俊秋という上級生を個人的に知っているわけではない。生徒会長でみんなの前に出ていたから顔は憶えているし、その名前も嫌になるほど目にしていた。正直、見たくもなかったのだけど。

「佐枝子姉ちゃんは、生田さんのこと好きじゃなかったの？」

「そうね。正直嫌いだったわ」

ストレートな返答がかえってきたものだから、和良は驚いた。

「え、嫌いって⁉」

「だって、あいつけっこうスケベで、よく女子のスカートの中を覗《のぞ》こうとしてたもの。それもスカートをめくるんじゃなくて、わざと消しゴムを落として机の下にもぐり込んだりとか、ビデオカメラを妙なところに仕掛けたりとか、やり方が姑息《こそく》なの。他にも悪戯《いたずら》はけっこうやってたし、そういう悪巧みに関しては、アイディアが豊富だったのよ。行事の計画やアイディアはさっぱり出さないくせに」

かなり歪《ゆが》んだ人間だったようである。なのに生徒会長になれたというのは、それだけ立ち回りがうまかったということなのだろう。

（たしかにずる賢《がしこ》そうな顔してたよな……）

顔立ちこそ整ってはいたが、他人を見下したような目つきを思い出し、和良はひとりうなずいた。もっとも、そんなふうに感じるのは、個人的なわだかまりがあるせいかもしれない。

「あいつ、なぜか先生たちからは信頼されてたのよね。いいとこのお坊ちゃんで、親がPTAの役員だったし、たしかお祖父《じい》ちゃんが区長だったはずよ。あと、本人も大人に対してはボロを出さなかったから、うまく騙《だま》してたのね。まあ、先生なんて、勉強ができる生徒は簡単に信用しちゃうところがあるもの」

辛辣《しんらつ》な物言いに、和良は唖然《あぜん》とさせられた。もともと佐枝子は、気に入らない人間については厳しく批評することが多かった。ただ、それは決して単なる悪口ではなく、その人物の欠点を的確に指摘するものであった。

つまり生田俊秋も、その程度の俗な人物ということになる。

(じゃあ、あの子は、そんなやつのことが好きだったのか……)

かつてのクラスメートの顔が浮かび、妙に悲しい気分にさせられる。

「だったら、どうしてそんなやつのところへ見舞いに行くのさ」

和良の問いかけに、佐枝子は小さく肩をすくめた。

「ま、そういうのは、みんな過去のことだからね。卒業したあとに会ったときは、ちょっとはまともな人間になってたみたいだったし。それに、まだ若いのに入院なんて、やっぱり可哀相《かわいそう》じゃない。不安もあるだろうし、元気づけてあげるぐらいはいいかなって」

殊勝なことを述べたものの、

「だけど、半分は義理よ」

と、きっぱり言い切った。

「あ、もしもあいつの性格が直ってなくて、あたしのスカートの中を覗こうとしたら、遠慮なくぶん殴《なぐ》ってやって。そのために、カズ君に付き合ってもらったんだから」

佐枝子がクスッと笑う。もちろん冗談なのだろう。だいたい、病人を殴って余計悪くさせたら、お見舞いの意味がない。

それにしても、こうしてさばさばした態度を見せられると、昨日の濃密なひとときが夢か幻のように感じられる。彼女は本当に割り切っているらしい。

(佐枝子姉ちゃんにとっては、その程度のことだったんだな……)

やり切れなく思う間に、目的の場所に到着する。近隣では最も大きい市立の総合病院で、入院患者用の病棟は八階建てであった。

受付で病室を確認し、エレベータに乗る。降りたところは内科病棟だった。

(そうすると、怪我とかじゃないんだな)

骨折でもしたのかと思ったのだが、内臓の疾患《しっかん》なのだろうか。どんな病気なのか訊《たず》ねたものの、佐枝子も「それは聞いてないの」とのことだった。

病室はすぐに見つかった。ほとんどが四人部屋、六人部屋であったが、「生田俊秋」の名札がはめ込まれたそこは個室であった。

(重い病気なんだろうか……)

それとも、プライベート空間を確保できるだけのお金があるということなのか。佐枝子の話では、家は金持ちのようであるし。

ノックして入ると、淡いベージュ色の壁の病室は、ふたり分のベッドが置けそうなゆったりした広さがあった。ＶＩＰルームの趣《おもむき》すらある。

ただ、ベッドはごく普通の入院患者用だ。そこに寝ていたのは、記憶に残る面影《おもかげ》よりも年齢を重ね、幾《いく》ぶんやつれたかに見える生徒会長であった。

「こんにちは。具合はどう？」

「おお駒木。わざわざ来てくれたのか。ありがとう」

挨拶《あいさつ》を交わす、かつての生徒会役員同士。辛辣に批判していたわりに、佐枝子の口調は穏やかだった。まあ、病人を前にすれば、優しい心持ちにもなろう。

俊秋はベッドをリクライニングさせ、上半身を少しだけ起こしていた。点滴こそ刺していたが、顔色が悪いわけではない。ただ、わずかに頰《ほお》がこけて見える程度だ。それにしたところで、病気でそうなったわけでなく、もともと痩せていたのかもしれない。

「あ、こちらはあたしの従弟で、駒木和良っていうの。ふたつ下だから、あたしたちが二《に》中《ちゅう》で三年だったとき、一年生だったのよ」

「へえ……」

目を細めたかつての生徒会長は、下級生に騒がれた美貌は影をひそめている。それでも、女性に好かれそうな色男めいた眼差《まなざ》しは健在だ。

それすなわち、同性にとってはいけ好かないヤツということになる。

「憶えてるの？」

佐枝子の問いかけに、俊秋は「いや」と首を横に振った。

「いくら生徒会長でも、全校生徒の顔と名前を憶えていたわけじゃないからね。特別に活躍していたやつなら別だけど」

当時で一学年三クラスの、決して規模の大きくない学校であったが、たしかに三百人近い生徒全員を記憶してはいないだろう。まして、卒業してから十何年も経つのであるし。

ただ、お前は平凡なヤッだと決めつけられた気がして、和良は愉快な気分ではなかった。まあ、事実そうだったのであるが。

「あ、これ、お見舞いのお花」

「ありがとう。じゃあ、そこに置いてもらえるかな。あとで妻にやらせるから。今ちょっとナースセンターのほうに行ってるんだ」

「あ、奥さんも来てるの？」

「うん。仕事もあるんだけど、今日は休みをとったって言ってたよ」

「旦那様を看病するために？　献身的な奥様ね」

「まあ、ここは完全看護だから、いなくてもべつに困らないんだけど」

そんなやりとりを聞いて、和良はふと考えた。

（このひとの奥さんって、誰なんだろう……）

いくらかまともな人間になったと佐枝子は言っていたが、性格の根本が直っていなかったら、かなり苦労させられるのではないか。などと先輩を蔑《さげす》んでしまったのは、やはり中学時代のことが根深く残っていたからかもしれない。

とは言え、彼から何かされたわけではなかった。いっそ逆恨みでしかなかったのだが、本人を前にして中学時代のやり場のない感情が蘇《よみがえ》ったようである。

そのとき、病室のドアが開いた。

「あ、お客様?」

鈴を転がすような声。振り返らなくても、奥さんが戻ってきたのだとわかった。

「ああ、こちらは中学のとき生徒会でいっしょだった駒木佐枝子さん。それから従弟の、ええと、ヨシカズ君だったっけ?」

名前を間違えられたことなど、どうでもよかった。振り返って俊秋の妻の顔を見るなり、和良は驚きで言葉を失った。

「和良君よ」

「ああ、ごめん。それで、そっちは妻の香澄美《かすみ》――」

紹介されずともわかっていた。なぜなら、同じように驚愕《きょうがく》の面持《おもも》ちを浮かべた彼女は、中学のときのクラスメートだったのである。

（桜井《さくらい》さん……本当にこいつと結婚したのか!?）

和良は茫然《ぼうぜん》と立ち尽くした。

2

生田俊秋の妻、旧姓桜井香澄美と和良は、中学時代の三年間、クラスが一緒であった。高校は別々で、その後も成人式のときに顔を見たぐらいであったから、かつてのクラスメートというだけの関係である。

にもかかわらず、成人式以来ほぼ十年ぶりに顔を合わせ、胸に迫るものがあったのは、彼女が中学に入って真っ先に好きになった女の子だったからだ。

心惹《ひ》かれた理由は、ほんの些細《ささい》なことの積み重ねであったと言えよう。最初のきっかけは、席が隣同士になったことである。

佐枝子とは普通に接していたものの、それはいとこ同士という身内の関係だったからだ。学校では積極的に異性と交流することはなく、むしろ意識してうまく話せないほうであった。

そんな和良に、香澄美は屈託なく話しかけてくれたのだ。

ハッと目を惹くような美少女、というわけではなかった。佐枝子の大人びた美貌と比較すればいかにも子供っぽくて、同級生の中でも幼く見えるほうだったろう。

とにかく、笑顔がとても可愛《かわい》らしかった。カマボコ型の目が、笑うと漫画のキャラクターのように細くなるのである。

話しかけてくれたときも満面の笑顔で、はからずも和良は胸がきゅんとなった。すっかり遠い存在になった従姉の代わりに、香澄美が心の中の多くを占めるようになるのに、そう長い時間を要しなかった。

彼女に関して印象に残っていることがある。夏服に衣替えをしたあとの、たしか今ぐらいの時期ではなかったか。

授業中、ふと隣を見た和良は、香澄美のスカートの脇が大きく開いていることに気がついた。前の時間は体育で、着替えのときプリーツスカートのホックを留めただけで、ファスナーを上げ忘れたらしい。

ほとんどの女子はスカートのとき、中に体操着のハーフパンツを穿《は》いていた。ところが、そのときの香澄美はそんな無粋《ぶすい》なものを着用していなかったようで、ブラウスの裾《すそ》の下はナマ白い太腿《ふともも》だったのだ。

さすがに下着までは見えなかった。けれど教室で、しかも授業中に目にしたなまめかしい光景に胸が激しく高鳴る。何度もチラチラと見てしまい、ペニスも硬くなった。

それがきっかけとなり、和良は女の子の無防備なところを注目するようになったのである。スカートの脇部分はもちろん、夏服の半袖ブラウスの袖口や襟元《えり》なども、それとなく観察するようになった。ジャージやハーフパンツに浮かぶパンティラインにも、胸をときめかせることがしばしばだった。

異性の前では相変わらずシャイであったものの、中学生にして早くもチラリズムの魅力に目覚めたと言える。そのきっかけとなった香澄美は、あとから考えればかなり無防備であった。スカートのファスナーを上げ忘れているところを、その後も何度か目にした。他に、半袖から覗く腋《わき》に短い毛が生えていたことや、体育座りをしてパンティを見せていたこともあった。

そんなところまで目にしたのは、和良がそれだけ香澄美に注目していたからであろう。そして、無防備なところを目にすればするほどに、彼女を好きになっていった。高まる性欲と、恋愛感情の区別がつきにくい中学生には、無理からぬことである。

ただ、彼の恋慕が香澄美に伝わることはなかった。そして、二度目の恋はあっ気なく終わりを迎えることになる。

二学期も終わりに近かったある日、理科の授業のときだった。席こそ隣ではなかったも

の の、香澄美とは同じ班であったから、理科室の実験机は同じになる。

そのとき、和良は香澄美の正面に坐っていた。開かれた彼女のノートを何気なく目にしたとき、余白部分に同じ名前がいくつも書かれているのを見つけた。

「生田俊秋」――。

それが生徒会長の名前であることはすぐにわかった。それから、女の子が自分のノートに男の名前を書くことに、どんな意味があるのかも。

《桜井さんは、生徒会長のことが好きなのか!?》

和良は茫然となっていたようである。名前を見つけたあとのことは、ほとんど記憶に残っていない。

その後も彼は、好きな女の子のノートや教科書に、上級生男子の名前が書かれているのを何度も目撃した。ノートの裏表紙にマジックででかでかと、しかもピンク色のハートで囲ったその名前を見つけたときには、やり切れなくて泣きたくなった。

決定的だったのは、佐枝子や俊秋たちの学年が卒業したときだ。

式を終えて、卒業生たちが校舎をあとにする。そのとき、香澄美を中心に数名の同級生女子が俊秋のところに駆け寄り、笑顔で言葉を交わしていたのである。

和良は離れた場所にいたから、どんなやりとりがなされたのかはわからない。けれど、卒業式のあとに後輩女子が先輩男子のもとに行くのは、一般的に考えれば第二ボタンをもらうためであろう。

実際、香澄美は俊秋から離れると、胸元で両手を重ねていた。何かを大事そうに持っていたようだ。

そして、友人たちに小突かれる彼女は、それまでに見たことのない、とても嬉しそうな笑顔だったのである。思わず胸が締めつけられるほど愛らしかったのに、それは和良にとってひどくつらいものであった。

ただ、それで香澄美のことをすっぱりと諦《あきら》めたわけではない。恋敵《こいがたき》は卒業してしまったのであり、自分がそれに代わればいいのだから。

ところが、二年生に進級して間もなく、香澄美が卒業生と付き合っているという噂《うわさ》を耳にした。それが誰であるのかなんて、確認するまでもなかった。

さらに、彼女が友人たちと好きなアイドルのことで話をしていたとき、

『香澄美には俊秋先輩がいるでしょ』

友人のひとりにそうからかわれたのである。

『もう、どうしてそんなこと言うのよ』

と、香澄美は友人を睨《にら》みつけながらも、満更《まんざら》ではなさそうに見えた。

子供っぽくてあどけなかった少女は、その頃にはドキッとするほど女っぽい顔を見せるようになっていた。無防備なところもなくなり、そばに寄ると感じられたミルクのような匂いも、いつしか人工的なシャンプーやコロンの香りが強くなった。

その変化は、単純に子供から大人へと成長することによるのではなく、和良には年上の男の好みに合わせてのものに思えてならなかった。そして、彼とすでにセックスもしているのではないかと考え、煩悶《はんもん》することもしばしばだった。

香澄美と三年間同じクラスだったことは、ある意味残酷であったと言えよう。学校に行けば必ず顔を合わせるのであり、けれど秘めた想いが通じることは決してないのだから。恋人がいるとわかっても、和良は彼女を諦めることができなかったのだ。

実るはずのない恋心を吹っ切ることができたのは、中学を卒業して香澄美と違う高校に進学し、半年近く過ぎてからである。成人式で再会したときも、すっかり綺麗になっていた彼女に胸がチクッと痛んだものの、すでに恋人がいたから未練がぶり返すことはなかった。ただ、まだあの先輩と付き合っているのだろうかと、ちょっぴり気になったが。

その香澄美と、まさかこんな場所で再会するとは夢にも思わなかった。それも、あの男の妻となった彼女と。

好きだった女性との再会に、これほど残酷なシチュエーションがあるだろうか。大人の女性に相応《ふさわ》しい色香を漂《ただよ》わせ、すっかり綺麗になった香澄美を前に、和良は打ちのめされた気分であった。

病室を出た和良と佐枝子を、香澄美がエレベータのところまで見送ってくれた。

「だけど、カズ君もびっくりしたんじゃない？　こんなところでクラスメートと会うなんてさ」

佐枝子の無邪気な問いかけに、和良はうなずきながらも顔をしかめた。香澄美の前で「カズ君」なんて呼ばれることが照れくさかったのだ。

エレベータが来ると、先に乗り込んだ佐枝子が「カズ君は残りなさい」と告げた。

「え、どうして？」

「せっかくクラスメートと再会したんだから、積もる話もあるでしょ？　香澄美さんも、病室だと旦那さんがいて話しづらかっただろうし、しばらくカズ君を貸してあげるわ」

恩着せがましい言葉に、香澄美が「はあ」とどっちつかずな相槌《あいづち》を打つ。ちょっと困ったふうでもあった。

「それじゃ、お先に」

能天気に手を振った従姉の残像すら残さず、エレベータの扉が閉まる。残されたふたりは、戸惑《とまど》いがちに顔を見合わせた。

「じゃ、ちょっとだけ時間いい?」

和良が問いかけると、香澄美は小さくうなずいた。エレベータの前は小さなロビーになっており、そこにあった長椅子に並んで腰かける。

かつては声をかけることすらできなかったのに、そうやって彼女を誘うことができたのは、相応の経験を積んできたからだろう。まあ、佐枝子のお節介のおかげもあったが。

(だけど……やっぱり昔とは変わったよな)

俯《うつむ》きがちな香澄美の横顔を見て、和良は思った。

中学時代はもっと明るかったし、成人式で再会したときもそれは変わってないように見えた。今はやけに落ち着いた雰囲気である。年相応に淑《しと》やかになったというより、いっそ陰りがあるように感じられた。

昔は小柄であったが、今は成人女性の平均的な背丈になっている。ただ、肩がやけに細く見えた。

「桜井さんは——」

つい旧姓で呼びかけてしまい、口をつぐむ。他の男の苗字で呼びたくない気持ちが、無意識に出たのだろうか。

「あ、ごめん。ええと、生田――」

「いいわよ、桜井で」

香澄美がこちらを見ないで告げる。素っ気ない口調に、ひょっとして怒らせたのかと思った。

「え、だけど」

「わたしはどちらでもいいの。駒木君が呼びやすいほうで呼んで」

そう言ってから和良をチラッと見て、また視線を前に戻す。怒っているわけではなさそうだ。

「えと、じゃあ、桜井さんは、いつ結婚したの?」

「三年前かしら。二十八になる直前だったから」

中学のときから付き合っていたにしては、やけに遅い結婚である。あるいは、ずっと交際していたわけではなく、離れた時期もあったのか。

「だけど、旦那さんとはずっと以前から付き合ってたんだよね。桜井さんが中学生だったときから」

確認するなり、香澄美が驚いた顔を向ける。口を開きかけ、どうして知っているのかと訊ねたそうであったが、すぐに納得した表情に変わった。あの頃、付き合っていることを友達にからかわれていたのを思い出したのではないか。

「そうね……でも、ずっとじゃなかったけど」

やはり離れていたことがあったようだ。それでも一緒になったのだから、絆《きずな》が深かったと言えよう。

「あ、そう言えば、病室では訊けなかったんだけど、旦那さんってどこが悪いの？」

質問するなり、香澄美の顔が強《こわ》ばった。

「それは――胃腸のほうがちょっと……」

答え方もしどろもどろになる。事実を隠そうとしているのが見え見えだ。

（そうすると、かなり悪いのかな？）

あまり詮索すべきではないと判断し、話題を変える。

「旦那さんが、桜井さんは仕事が休みで来ているみたいなことを言ってたけど、どこで働いてるの？」

「ああ……保育園よ。ずっと保育士をしてて、結婚してから辞めてたんだけど、また始めたの。非常勤だけど。あのひとの入院で、何かとお金がかかるから」

「え、それじゃ、もう入院して長いの？」

「一ヶ月よ」

まだ退院できそうな雰囲気ではなかったから、やはり重篤《じゅうとく》のようである。そうなると、香澄美もつらいのではないか。

「保育園って、市内の？」

「病院の近くなの。勤務の前やあとにもここに来られるから」

「じゃあ、仕事と看病と、もちろん家のこともあるんだよね」

「ええ……」

「そっか。大変だね」

ねぎらうと、細い肩がピクッと震える。怖《お》ず怖ずとこちらを向いた彼女の目が潤《うる》んでいたものだから、和良はうろたえた。

「あ、ごめん。なんか偉そうだったかな」

謝ると、香澄美は首を横に振った。

「ううん……ありがと」

小声で礼を言い、口許をほころばせる。それは中学時代、初めて彼女に話しかけられたときに匹敵《ひってき》する、胸が締めつけられるほど愛らしい笑顔だった。

（おれ……桜井さんのこと、ずっと好きだったんだ――）

思わず口から出そうになった告白を、和良は胸の内に閉じ込めた。それは人妻となった彼女には、決して告げてはならないことなのだ。

「じゃ、わたし、行くわね」

香澄美が腰を浮かせる。

「ああ、うん……無理しないでね」

「ありがとう。それじゃ」

淑やかな微笑を残し、麗《うるわ》しの人妻同級生は、夫の待つ病室へと戻っていった。

(本当に綺麗になったな、桜井さん……)

今になって心臓が激しく高鳴っていたことに気がつく。彼女に鼓動を聞かれていたのではないかと心配になるほどに。

ただ、すでに他の男のものになっていることを思うと、やり切れなくなる。あるいは、好きになったときにすぐ告白していたら、今ごろ自分が夫になっていたのだろうか。などと、過ぎ去ったことをあれこれ悔やんでも始まらない。まさに後悔先に立たずだ。

そのとき、和良はふと妙だなと思った。

(桜井さん、旦那さんの入院でお金がかかるから、保育園の仕事を始めたって言ってたよな)

それにしては、病室などの待遇がよすぎるように見えるのだが。お金がないのなら、個室ではなく大部屋に移ればいいのではないか。

家が金持ちだから個室にいるのかと思えば、そんな単純なものではないらしい。何か込み入った事情があるのだろうかと首をかしげたところで、胸に燻《くすぶ》っていた疑念がはっきりしたかたちになった。

(桜井さん、あいつと結婚して幸せなんだろうか?)

どこか影のある面持ちは、夫が入院したためばかりとは思えなかった。もしかしたら結婚生活そのものに不満があって、だからこそ、今になってまた仕事を始めたのではないだろうか。

もっともそれは、香澄美の近くにいられないことへの僻《ひが》みに過ぎない。何らかの根拠があるわけではなく、そうであってほしいという願望なのだから。あの男よりも、自分のほうが彼女を幸せにできると思い込みたいのだ。

病に伏している人間を貶《おとし》める自らに、自己嫌悪を覚える。どうしてこんな人間になってしまったのかと考えて、和良はハッとした。

(おれはまだ、桜井さんが好きなのか!?)

完全に吹っ切ったつもりでいた。だからこそ他の女性とも付き合い、奈美とは結婚も考えたのである。

ところが、一度その疑問が頭をもたげると、打ち消すことが困難になる。

（……いや、そんなはずない。だいたい、あれから何年経ってるんだよ）

思いがけない再会に舞いあがっているだけなのだ。ただ、そうなってしまったのは、香澄美に対して抗《あらが》い難《がた》い感情を持っていることの証しでもある。

もっとも、それがずっと胸の内にひそんでいたものなのか、それとも、美しくなった彼女を目にしたことで新たに芽生えたものなのか、自分でもわからなかった。確かなのは、他人の妻に惚《ほ》れても無駄という、身も蓋もない真理であった。

「帰るか……」

つぶやいて、和良は腰をあげた。エレベータのボタンを押そうとしたところで、

「あの、駒木さん？」

声をかけられてビクッとする。振り返ると、二十代半ばと思《おぼ》しき看護師が、小首をかしげてこちらをじっと見つめていた。

（え、誰？）

まったく記憶にない女性である。ナースはもちろんのこと、この病院には知り合いなどいないはずであった。

「はあ……駒木ですけど」

とりあえず答えると、彼女の表情がパアッと輝く。

「ああ、やっぱり。わたしです。獅子谷繭美《ししたにまゆみ》です」

まくしたてるように名乗られ、気圧《けお》された和良であったが、獅子谷という苗字には憶えがあった。中学のときの友人にいたのである。

そこまで思い出して、ようやく目の前の女性が誰なのかを理解する。

「あ、それじゃ、浩司《こうじ》の妹の――」

「はい、そうです。繭美です」

ニコニコと愛らしい笑顔を見せられても、和良は戸惑いを拭《ぬぐ》い去れなかった。何しろ、自分の知っている獅子谷繭美という女の子は、小学校低学年のほんの幼い女の子だったからだ。

3

中学時代、なんとなく気があって連《つる》んでいた仲間がいた。クラスが変わっても関係はそのままで、結局卒業するまで続いた。

べつに悪さなどはしなかった。自転車で遠出したり、誰かの家に集まってゲームをしたりと、要は遊び友達である。

その中のひとりが獅子谷浩司であった。

彼の家は、グループの遊び場によく使われた。リビングが広かったのと、最新のゲーム機があったからだ。

そして、中学生の少年たちが漫画を読んだりゲームに興じたりしていると、決まって幼い妹が、一緒に遊んで欲しそうに寄ってきた。それが繭美である。

和良たちが中学生になったとき、繭美も小学校にあがったばかりだったから、六つも年が離れていた。そんな小さな子の面倒など、中学生男子が見たがるはずもない。兄である浩司も、『あっちへ行けよ』と邪険《じやけん》にしていた。

そんなとき、決まって彼女の相手をしていたのが、和良であった。

もちろん、そんな幼い少女に下心を持って接していたわけではない。あまりテレビゲームの類いが好きではなかったためと、みそっかすにされる繭美が単純に可哀相だったからである。

また、和良はひとりっ子だったから、擬似《ぎじ》的な妹として可愛がってあげたくなった部分もあろう。佐枝子を姉のように慕ったのと同じく。

もっとも、仲間内で彼の行為をいいほうに捉《とら》えてくれた者はおらず、ロリコンだとからかわれることがたびたびだった。これも男子中学生にはありがちな、短絡的な発想である。ロリータコンプレックスの本来の意味も知らないのだから仕方がない。

ともあれ、進学先が別々になったこともあり、その仲間たちとは中学を卒業すると疎遠《そえん》になった。獅子谷家に遊びに行くこともなくなり、繭美ともそれっきりである。だから大人になった彼女を見ても、誰なのかさっぱりわからなかったのだ。

「久しぶりですね。お元気でしたか？」

繭美の儀礼的な挨拶にも、和良は「うん……」とうなずくので精一杯だった。最後に会ったのは十五、六年前だから、久しぶりというのはたしかにその通りなのであるが、そんな簡単な言葉で済ませられない気がしたのだ。

（あの小っちゃかった女の子が、こんなに大きくなったのか）

それだけの月日が経ったのだから、不思議なことでもなんでもない。自分だって当時は中学生の、ほんの子供だったのである。

しかし、同じ子供であっても、いちおう大人になりかかった中学生と、ただ無邪気なだけの小学生とでは、雲泥《うんでい》の差がある。何しろ成長した今では、見た目がまるっきり違うのだから。

「駒木さん、たしか東京に行かれたんですよね。こちらに戻ってこられたんですか？」

地元とはすっかり縁遠くなっていたから、そんなことまで知っていたのに驚く。ただ、出席はしなかったものの、数年前にあった同級会の幹事に現住所を送り、名簿も作られたはずだ。兄が持っていたそれを見たのではないか。

「いや、伯父の法事があったから来たんだよ」

「そうなんですか」

一時的な帰省と知って、彼女はがっかりした顔を見せた。それでも、すぐに笑顔に戻り、じっと見つめてくる。

これには、和良のほうが落ち着かなくなった。

「あの……おれだってすぐにわかったの？」

質問に、繭美は「はい」と即答した。

「もちろんあの頃とは違いますけど、面影がありましたから」

ということは、遊んでくれた男子中学生の顔を、彼女はちゃんと憶えていたことになる。小学校の低学年でも、それだけの記憶力があるものなのか。

「でも、おれは全然わからなかったよ。だって、あまりに変わってたから」

つい正直に述べてしまうと、若い看護師は愉《たの》しげに目を細めた。

「それはそうですよ。だって、わたしは七歳とか八歳ぐらいでしたから。今もそのときと変わってなかったら、そっちのほうが大変じゃないですか」

「まあ、そうだけど」

納得してうなずきつつ、彼女の頭のてっぺんから爪先《つまさき》まで、まじまじと見てしまう。

清楚さの象徴とも言える白いナース服は膝丈で、裾から覗く脚は白いストッキングに包まれていた。最近は多くの病院でナースキャップが廃止されているが、ここでは今でも使われており、かえって新鮮に見えた。

と、繭美が恥ずかしそうにモジモジしだしたものだから、和良はドキッとした。

「やだ、そんなに見ないでください……」

頬を赤らめた彼女に上目づかいで睨まれ、狼狽《ろうばい》する。

「ああ、ごめん。本当に変わっちゃったから、つい」

謝ると、今度は興味津々なふうに目を大きく見開く。くるくると変わる表情は、素直な性格そのもののようだ。

「わたし、どんなふうに変わりましたか？」

「どんなふうって……」

期待を込めた眼差しを向けられ、和良は困惑した。とにかくすべてが変わっているから、答えることが難しい。

「まあ、大人っぽくなったんじゃないかな」

無難に答えたつもりだったが、繭美は落胆をあらわに眉根を寄せた。

「大人っぽいんじゃなくて、もう大人なんですけど」

「そ、そうだね。ええと、可愛くなったよ」

「可愛いって……やっぱり子供っぽいってことなんですか?」

眉間《みけん》のシワが深くなる。褒めたつもりだったのに、お気に召さなかったらしい。

「いや、つまり綺麗になったってことだよ。とても優しそうだし笑顔が素敵だから、きっと患者さんたちの人気者なんだろうね」

お世辞ではなく、感じたことそのままを口にしたのである。ただ、面と向かって誉めそやすのは恥ずかしくて、耳たぶがやたらと熱くなった。

「え、そんなに綺麗になりましたか? うふふー、うれしいな」

無邪気に喜ぶあたり、子供っぽいというのは当たっているかもしれない。もう二十五歳ぐらいになっているはずなのに。

「うん。おれもここに入院して、繭美ちゃんに看病されたいぐらいだよ」

これはいくらか大袈裟《おおげさ》に言ったのであるが、彼女は本気にしたのか、目を輝かせて迫ってきた。

「本当ですか？　じゃあ、すぐにでも手続きしますけど」

どこも悪くないのに、入院させられてはたまらない。和良は「いや、そこまでしなくていいから」と、繭美をたしなめた。

「ていうか、今は仕事中じゃないの？」

「わたしですか？　今日は早朝からの勤務だったから、これからあがるところだったんです」

「ああ、そうなんだ」

「駒木さんは、どなたかのお見舞いなんですか？」

「うん。従姉が中学のときの友達を見舞うのに付き合わされたんだ。おれも今、帰るところだったんだよ」

「あ、だったら、ちょっとだけわたしに付き合っていただけませんか？」

「え、付き合うって？」

「もうちょっとだけ、駒木さんとお話がしたいんです」

縋《すが》る眼差しが、《いいですよね？》と訴えている。このあとは特に用事もなかったから、和良は「いいよ」と安請け合いをした。

4

藺美に連れられ、和良はひとつ上の階にあがった。そこには集中治療室（ＩＣＵ）があり、前を通って廊下の端まで進むと、畳敷きの部屋があった。

「ここ、ＩＣＵに入った患者さんのご家族が休まれる場所なんです。治療が長引いたら、泊まっていただくこともあるんですよ」

六畳ほどのそこは、部屋の隅に座布団《ざぶとん》が積んであるだけの殺風景な眺めだった。押し入れがあるから、そこに蒲団《ふとん》がしまってあるのかもしれない。

「さ、あがってください。今はＩＣＵに患者さんがいないから、誰も来ませんよ」

「う、うん」

いいのかなと思いつつ、和良は靴を脱いで畳にあがった。藺美に座布団を勧められ、そこに坐る。

ところが、改まって向かい合った途端に気まずさを覚えた。

個室で異性とふたりっきりなのもそうだが、相手が制服制帽のナースというのも、居心地の悪さに拍車をかけていた。和室だから場違いな感じも著《いちじる》しく、お説教でもされそうな妙な雰囲気だ。

それでも、繭美がニコニコと笑顔を見せていたものだから、次第に落ち着いてくる。しかし、

「あの、わたしが駒木さんのことをちゃんと憶えていたのは、どうしてだかわかりますか？」

唐突な質問をされて面喰らう。

「え、どうしてって……？」

「あの頃、お兄ちゃんの友達で家に来ていたひとは他にもいましたけど、地元にいるひとを除けば、たぶん会ってもわからないと思うんですよ」

「まあ、繭美ちゃんはまだ小さかったからね」

「はい。だけど、駒木さんはちゃんとわかったんです」

「それは、ほら、繭美ちゃんの相手をしていたのが、おれぐらいだったから」

「そうですね。でも、それだけが理由じゃないんです」

「え？」

「駒木さんは、わたしの初恋のひとなんですよ」

物怖《ものお》じしない笑顔で言われ、和良は絶句した。

（初恋って――おれが!?）

そうすると、自分が従姉である佐枝子に淡い恋心を抱いたように、繭美もまた、遊んでくれた年上の少年に胸をときめかせていたというのか。

（だけど、繭美ちゃんはまだ小さかったのに）

おそらくそれは、恋と呼べるようなレベルの感情ではないのだろう。遊んでくれる優しいお兄ちゃんぐらいに思っていたのを、あとになってあれは恋だったと思い込んだのではないか。

そんなふうに解釈したのを見抜いたのか、繭美は身を乗り出すようにして主張した。

「本当なんですよ。わたしは駒木さんのことが大好きで、家に来てくれると飛び跳ねたいぐらいにうれしかったんです。それに、お兄ちゃんにもしょっちゅうお願いしてましたもの。駒木さんを連れてきてって」

そう言えば、彼女の兄である浩司から言われたことがある。

『繭美のヤツ、和良のことがお気に入りみたいだぜ。大きくなったら結婚してやれよ』

そのときはただの冗談だと思ったし、またロリコンだとからかうつもりなのだろうと、適当に受け流したのだ。けれど、妹が連れてこいとうるさいものだから、半ば辟易《へきえき》して言ったのかもしれない。

「だけど、駒木さんがお兄ちゃんと違う高校に行って、家に全然来なくなったから、わたしはすごく悲しかったんですよ。どうして同じ高校に行かなかったのかって、お兄ちゃんを泣いて責めたこともあったんですから」

そこまで慕われていたとは、面映《おもは》ゆくも光栄である。まあ、あくまでも過去の話であって、だから繭美も笑って話せるのだろう。

しかし、次の問いかけには困惑せずにいられなかった。

「駒木さんは、わたしのことをどう思ってましたか？」

「え、どうって？」

「あんなに遊んでくれたのは、わたしのことを好いてくださったからなんですよね？」

またも期待するような目で見つめられ、和良は返答に詰まった。

「……まあ、可愛いって思ってたよ。おれはひとりっ子だから、繭美ちゃんみたいな妹がいたらいいなって」

慎重に言葉を選んで答えると、彼女はあからさまにがっかりした顔を見せた。

「妹、ですか？」

不満げに問い返す。まさか、恋愛対象として見てほしかったとでもいうのか。

けれど、和良の答えを待つことなく、繭美は《ま、いいか》というふうに肩をすくめた。それから、また笑顔を見せる。

「でも、わたしのこと、昔よりも綺麗になったたって言ってくれましたよね。それって、駒木さんがわたしを女として見てくれているってことなんですよね？」

女という言葉がやけに生々しく聞こえてドキッとする。小さかった頃の印象が強いためか、すでに大人になっているのにもかかわらず、ませていると感じてしまった。

「まあ、それは……」

「あ、そう言えば、駒木さんって何かお悩みがあるんじゃないですか？」

またも唐突に話題を変えられ、和良はきょとんとなった。

「え、悩み？」

「実はさっき、駒木さんのことをしばらく見てたんですよ。すぐに声をかけたかったんですけど、なんだか難しそうな顔をしていたから、どうしたのかなと思って」

香澄美のことをあれこれ考えていたのを、彼女に観察されていたらしい。その前にふたりが一緒にいたところは、どうやら見ていないようであるが。

「ああ――まあ、悩みってほどのことでもないよ。ちょっと考え事をしてただけなんだ」

誤魔化《ごまか》しても、繭美は納得しなかった。かぶりを振り、真顔で見つめてくる。

「いいえ、わたしにはわかります。もう五年も看護師をやってるんですから。患者さんの顔を見て、今日の調子はどうかなって見抜けるようでなくっちゃいけないんです」

いや、おれは患者じゃないからと、心の中で言い返す。だが、そんなに難しい顔をしていたのだろうか。

「だから、駒木さんが少しでも楽になれるように、わたしがお世話してさしあげますね」

「え、お世話？」

「小さいときは、わたしが遊んでいただきましたから、そのお礼です。さ、こっちに来てください」

繭美が両手を差し出す。あたかも、幼子を抱き寄せようとするかのように。

（来てくださいって……）

どう対処すればいいのかわからず、和良が戸惑っていると、彼女のほうからにじり寄ってきた。

「遠慮しなくていいんですよ。わたしにまかせてください」

言うなり、有無を言わせず胸にかき抱かれてしまった。

ふに──。

白衣の胸元に顔が密着する。そこが意外に大きく張り出し、しかもうっとりするほど柔らかだったものだから、和良は抗う気も失せて陶然《とうぜん》となった。

（え、ノーブラなのか？）

そんなことをチラッと思う。おそらく、ワイヤーのないタイプの下着を着用しているのではないか。

気がつくと、和良のほうも繭美の背中に腕を回し、しっかりと抱きついていた。

「ね、こうしてると安心するでしょ？」

頭や背中を撫《な》でられ、本当に夢心地になる。幼い少女が立派な大人に成長したことを、実感せずにいられない。

ナース服の胸元にはほのかな消毒液の香りと、それから甘ったるいかぐわしさがあった。早朝から勤務していたとのことだから、汗もかいたであろう。それは彼女の正直な匂いに違いなかった。

無意識に鼻を蠢《うごめ》かせるうちに、別の感情が頭をもたげてくる。女体に接したことで、牡の欲望が漲《みなぎ》ってきたのだ。

（あ、まずい——）

焦ったときにはすでに遅く、股間の分身がふくらんでいた。繭美に気づかれてはならないと、腰を引き気味にする。

しかし、素早く動いた彼女の手が、その部分をいきなり握ったものだから狼狽する。おまけに、指が揉むように動き、さらなる膨張を促《うなが》したのだ。

(何をするつもりなんだ!?)

和良は混乱した。どうしてこんなことになったのか、ここに至る経緯をすっかり見失っていた。

「うふ、大きくなりましたね」

言われるなり、頰が熱くなるほどの羞恥《しゅうち》にまみれる。昔遊んであげた女の子に、勃起したペニスをいじられているのだ。まさかお返しに息子と遊んであげるという意味なのかと、くだらないことを考えてしまった。

あまりの恥ずかしさに顔をあげられないでいると、若いナースの指がファスナーをおろす。ためらいもなく中に侵入した手が、ブリーフ越しに牡の猛《たけ》りをさすった。

「ううう」

よりダイレクトになった快《こころよ》さに、否応なく呻《うめ》いてしまう。腰もビクッとわなないた。

「すごく脈打ってますよ、駒木さんの」

布越しにくびれをなぞり、真下の陰嚢《いんのう》にまで手を差しのべる。身をくねらせずにいられない快感は、和良に不安すらもたらした。

(どうなるんだ……いったい、どうしてこんなことに——)

だが、そんな疑問も愉悦《ゆえつ》に押し流される。

着替えや清拭など、いつも患者の世話をしているから慣れているのか、繭美は和良のズボンも片手で簡単に脱がしてしまった。もちろん、ブリーフも。

「あは、元気ぃ」

無邪気に囃《はや》した若い看護師が、猛る筒肉に指を回す。キュッと締めて硬さを確認してから、包皮を緩《ゆる》やかにスライドさせた。

「ああ、ああ、あ――」

ただしごかれているだけとは思えない快感が、手足の先まで行き渡る。和良は馬鹿みたいに喘《あえ》ぎ、下半身をヒクヒクと波打たせた。全身を柔らかな手で包まれていると錯覚するぐらいに気持ちよかったのだ。

（ひょっとして、入院患者にもこんなサービスをしてるんだろうか）

そうとしか思えないほどに、巧みで手慣れている。でなければ、その類いの風俗に勤めているのだとか。この格好も病院のナース服ではなく、イメージプレイ用のものかもしれない。

などと、あり得ないことを考えてしまうほど、和良は彼女の愛撫に翻弄《ほんろう》されていた。文字通り手玉にとられた状態であったろう。

気がつけば、和良は繭美の膝《ひざ》に上半身をあずけ、仰向けていた。ピンとそそり立ったペニスを、しなやかな指がリズミカルにしごきたてる。早くも先走りがこぼれているようで、クチュクチュと湿った音が聞こえてきた。

（うう、よすぎる）

細いウエストにしがみつき、豊かに張り出した乳房を見あげれば、その向こうに慈《いつく》しむような眼差しがあった。愛らしい笑顔のナースが、思わずハッとするほどの女の顔になっていた。

「ど……どうしてこんなことを？」

息を荒ぶらせて訊ねれば、彼女はクスッと白い歯をこぼした。

「気持ちいいですか、駒木さん？　あ、和良さんってお呼びしてもいいですか？　苗字だと他人行儀だから」

少しも答えになっていないものだから、和良は苛立《いらだ》った。だが、睨みつけようとしても、表情が悦《よろこ》びに蕩《とろ》けてしまう。

すると、繭美がようやく理由を話してくれた。

「わたしは、和良さんを楽にしてあげたいんです。気持ちを癒《い》やして、悩みから解放させてあげたいんです」

い。


「だからって、こんな……」

「お悩みの原因は、さっき話していた女性なんでしょ？」

言い当てられ、和良は驚愕した。想像していたよりも前から、彼女に見られていたらしい。

「あのひと、六〇三号室の生田さんの奥様ですよね？　和良さんと同じぐらいの年だから、きっと同級生なんですよね」

そこまで見抜かれては否定などできない。だが、繭美の瞳が挑発的に輝いているのを認め、もしやと思う。

（まさか、繭美ちゃんは桜井さんに対抗するためにこんなことを――）

ふたりが話しているのを見て、男女関係の何かがあると誤解したのではないか。こちらが一方的に想いを寄せているとは知らずに。

和良が初恋の相手だったというのは、なるほど事実かもしれない。けれど、ずっと想い続けていたわけではないのだろう。偶然の出会いに感情が高まったものの、隣に他の女がいたものだから、嫉妬《しっと》じみた気持ちを抱いたのではないか。

それこそ、香澄美と再会した和良が、夫の俊秋に対して敵意を抱いたように。そう考えれば、突飛《とっぴ》としか言えない行動にも、ある程度納得がいく。

ずっと会ってなかったから、繭美の性格などわからない。けれど、見た目よりも気が強いのではないかと思われる。看護師のようなハードワークをこなすには、ヤワな神経ではやっていけないだろうし。

(小さかったときも、浩司にいくら邪険にされても、おれたちのところに寄ってきてたんだよな……)

年上相手にも物怖じせず、遊んでほしいとことんまで食いさがった。あの性格は、今も健在なのかもしれない。

だとすれば、これは悩みを癒やすためにしているのではなく、彼女自身の欲求に従ってのものなのだ。

(だったらいいか……好きなようにさせてあげれば)

状況に流される気になったのは、与えられる悦びに理性が負けたせいばかりではない。香澄美のことであれこれ思い悩んだから、楽になりたかったのは確かなのである。

そして、彼女のいる建物で、他の女性と淫らな行為に及ぶことは、独《ひと》りよがりの復讐とも言えた。自分もよろしくやっているんだぞという届くはずもないアピールで、胸に燻る感情を消し去ろうとしたのだ。

「繭美ちゃん、すごく気持ちいいよ。とっても上手だね」

快感に身を委《ゆだ》ねて告げれば、勝ち気そうに輝いていた目が細まる。溜飲《りゅういん》が下がったのか、繭美は満足げであった。

「じゃあ、もっとよくしてあげますね」

膝からおりて畳に横たわった和良の股間に、白衣の天使が顔を伏せる。ためらいもなくふくらみきった亀頭を口に含み、チュッと吸いたてた。

「くあああ」

和良は背中を浮かせ、体軀をヒクヒクと波打たせた。

手の愛撫同様に、繭美はフェラチオも巧みであった。舐《な》めてほしいところを舌が的確に這い回り、絶妙のタイミングで吸われる。陰嚢を優しく包み込む手も、根元に巻きついて上下する指の輪も、蕩けそうな愉悦のアンサンブルを奏でてくれた。

「ああ、こんなに気持ちいいフェラチオって初めてだ。ひょっとして、患者さんにもしてあげてるの?」

決して蔑むつもりなどなく、もしかしたらと思ったことを口にしただけなのである。ところが、繭美はすかさずペニスから口をはずし、キツい眼差しで睨んできた。

「和良さん、ひどい。わたしがそんなことをする女に見えるんですか!?」

「え? あ、ああ……ごめん。悪気はなかったんだ」

　素直に謝罪すると、彼女は眉間に刻んだシワを解いてくれた。ただ、不満は消えなかったらしく、やるせなさげに「もう」と嘆息する。

「そりゃ、この年でバージンなんて言いませんけど、わたしはこういうこと、ちゃんとお付き合いをした男のひととしかしませんから。あ、和良さんは特別ですよ。だって、わたしが初めて好きになったひとなんですもの」

　はにかんだ微笑に、和良ははからずも胸がときめいた。言われたことも、きっとそうに違いないと信じられた。

「じょうずなのは、きっと探求心が強いからなんですよ。わたし、ずいぶん研究しましたから。男のひとはどうされると気持ちいいのかって」

「へえ。それじゃ、彼氏はすごく喜んだんじゃないの？」

「はい。生理のときとか、手やお口でしてあげたら腰をビックンビックンさせて、精液もいっぱい出してくれました」

　無邪気すぎる告白に、和良のほうが恥ずかしくなる。

「あ、わたし、採血や点滴の針を刺すのもうまいんですよ」

「え？」

「それも、患者さんのことを考えてたくさん勉強して、練習もしたからなんです。だから、みんなわたしのこと褒めてくれるんですよ。点滴はわたしじゃなきゃ嫌だって、駄々をこねるおばあちゃんもいるんです」

藹美は得意げでありながらも、少しも厭味《いやみ》っぽくない。みんなから愛されていることがよくわかった。

「患者さんに針を刺すのと比べたら、オチンチンを気持ちよくさせるほうが、ずっと楽ちんなんですよ」

奇妙な比較もほほ笑ましい。彼女と再会できたことの喜びを、和良はようやく嚙みしめることができた。

「うん……藹美ちゃんは、思ったとおり素敵な看護師さんなんだね」

「え？」

「おれ、本当にこの病院に入院したくなったよ」

笑顔で告げると、藹美は恥ずかしそうに目を伏せ、頰を赤らめた。照れ隠しなのか、手にした勃起をいささか荒っぽくしごく。

「じゃ、じゃあ、イキたくなったら、遠慮しないで出してくださいね」

口早に告げ、再び屹立《きつりつ》を口におさめた。

「ああ」

和良は快さに喘ぎ、両脚を互い違いに曲げ伸ばしした。敏感な頭部をピチャピチャと舐め回され、そこがキャンディーみたいに溶けてしまいそうだ。

だが、一方的に奉仕されるだけでは、申し訳なくなる。

うずくまる姿勢の彼女を見れば、後ろに突き出されたヒップが悩ましげに揺れている。白衣に下着のラインが浮かんでおり、どんなものを穿《は》いているのか見たくなった。

和良は上半身を半分ほど起こし、手をのばして白いストッキングに包まれた足首を摑《つか》んだ。引き寄せると、繭美はフェラチオを続けたまま抵抗することなく、からだの向きを変えてくれる。年上の男が何を望んでいるのか察したのだろう。言葉に出さずとも胸を跨《また》いでくれた。

（ああ……）

ナースのおしりが目の前にある。間近にするとかなりの迫力だ。

白衣の裾からは、太腿のかなり深い部分までが覗けた。白いパンティストッキングの、脚と腰で編目の濃淡が変わる切り替え部分まで。だが、下着は見えない。

和良は震える手で白衣の裾をめくりあげた。

「ん──」

さすがに恥ずかしいのか、繭美が亀頭を強く吸う。パンストの若尻があらわになると、たわわな丸みがキュッとすぼまった。

白い薄物に透けるのは、同じく白のパンティだった。レースの飾りもないシンプルなもので、白衣の天使に相応しい、清らかな下穿きと言えよう。にもかかわらず、胸がはずむほどにセクシーだが。

(ああ、なんていやらしいんだ)

同じようにパンストに透ける下着は、佐枝子のものを昨日見たばかりである。あちらは黒のナイロンで、パンティもTバックだったから、煽情《せんじょう》的なのは当然である。けれど和良は、従姉のときと同等のエロティシズムを感じていた。何しろ、現役ナースが白衣姿で、人目にふれないところを晒しているのだから。

「さわるよ」

いちおう断わってから、たっぷりして重たげなパンスト尻に触れる。その瞬間、双丘がまたも恥じらいの収縮を示した。

(素敵だ——)

ナイロンの官能的な肌ざわりと、お肉のぷりぷり感が絶妙にマッチしている。これ以上にさわり心地のいいものなど、他に存在するのだろうか。

すりすりと撫でさすりながら、指先に力を込める。揉みごたえ抜群の弾力で、気がつけばパン生地をこねるみたいに両手で責め苛んでいた。

「んぅ」

遠慮のない愛撫に繭美が呻き、温かな鼻息をこぼす。それは陰囊に繁茂する縮れ毛をそよがせた。

その時点では、彼女も好きなようにさせていた。けれど、漂ってくるなまめかしい匂いに抗いきれず、和良がヒップを摑んで抱き寄せると、さすがに慌てたようだ。

「ぷは──あ、ちょっと」

頰張っていた肉茎を吐き出してなじったものの、すでに遅かった。もっちりしたパンスト尻が、男の顔をまともに押し潰していた。

「むううッ」

窒息しそうになり、和良は呻いた。しかし、ほのかに感じられた秘臭が濃度を何十倍にも上げ、鼻奥にまでなだれ込んできたものだから陶然となる。

（うわ、すごい……）

今日も忙しく働いたあとなのだろう。汗の蒸れたすっぱみに加え、磯《いそ》くさいオシッコの匂いもある。そのふたつが輪郭を形成し、中心にあるのは熟れすぎた果肉とチーズ、それからビーフジャーキーを混ぜ込んだみたいな悩ましい臭気だった。

そこの正直なフレグランスは、佐枝子のものも嗅いだ。けれど、看護師として勤務を終えたあとの繭美のほうが、やはり濃厚である。

それだけに昂奮《こうふん》も著しかった。

「や、やだ、離して」

和良が尻をがっちり抱え込んでいたものだから、繭美が恥ずかしがって暴れる。けれど、手にした牡器官の変化に気がついたらしく、抵抗がやんだ。

「え、嘘——」

雄々しくしゃくり上げるペニスを、たしなめるみたいにギュッと握り、「すごい」とつぶやく。

「か、和良さんのオチンチン、さっきより硬くなりましたよ」

そして、年上の男が浅ましく鼻を鳴らしていることも悟《さと》り、「ああん」と嘆いて尻をモジつかせる。

「やだ……ひょっとして、わ、わたしの匂いに昂奮してるんですか？」

問いかけには答えず、和良は豊臀をいっそう強く抱き寄せ、正直な匂いとお肉の柔らかさを堪能《たんのう》した。鼻面《はなづら》を陰部にめり込ませるようにしながら。

「あ、あ、いやぁ」

敏感な部分を刺激され、若いナースが尻をくねらせる。負けじと強ばりをしごいたものの、あからさまにクンクンと鼻を鳴らされて恥ずかしがった。

「いやいや、そんなところ嗅がないでっ」

自身の秘部がどれほどの臭気を放っているのか、自覚があるのだろう。だが、和良が飽きもせず嗅ぎ続けるものだから、今にも泣きだしそうに声を震わせた。

「いやあ……か、和良さん、わたしのそこ、く、くさくないんですか？」

もちろん魅力的であり、そそられるから嗅いでいるのである。そのことを言葉で告げずに、張りきったペニスを脈打たせる。

「うう、こんなにオチンチン硬くして……へ、ヘンタイなんだから」

非難したものの、しょうがないと諦めたようである。繭美は対抗するように屹立を含み、頭を上下させてしゃぶった。舌づかいがねちっこくなったのは、自身の淫臭が男を昂奮させているとわかり、満更でもない気分になったからではないか。

ぢゅ……ぢゅぷ。

口許から猥雑な水音をこぼし、舌を敏感なくびれにねっとりと絡みつかせる。巧みなフェラチオに、和良はたちまち危機的状況に追いやられた。

（う、まずい）

反撃しようと鼻頭で女芯を抉《えぐ》っても、そこはパンストとパンティの二重防壁に守られているから、感じさせることが困難だ。ならばと薄物に手をかけても、彼女が完全に坐《すわ》り込んでいるから脱がせることができなかった。

「ん……ンふ」

鼻息をせわしなくこぼしながら、繭美が熱心に吸茎する。開き直ったように股間をこすりつけてくるのは無意識に快感を求めてか、それとも下穿きを脱がされないよう防禦するためなのか。いや、秘部の匂いで牡を攻略する意図かもしれない。

こうなると不利なのは和良のほうである。反撃を封じられ、なまめかしい匂いをたんまり嗅がされているのだから。おまけに、パンスト尻のスベスベもっちりとした感触も、悦びを高めてくれる。

イキたくなったら出していいと、許可はもらっている。繭美は熱心にしゃぶり続けているから、このまま口で受けとめるつもりのようだ。

それでも懸命に忍耐を振り絞ったのは年上としての、それから男としてのプライドがあったからだ。何しろ知り合ったときの彼女は、ほんの小さな女の子だったのだから。

もちろん今は立派な大人に成長している。だが、遊んであげたほうが弄《もてあそ》ばれるのでは立場が逆だ。おまけに早々に昇りつめるなど、恥の上塗りである。

だからこそあらぬことを考えて気を逸《そ》らせ、奥歯を噛みしめて爆発を堪えたのだ。けれど、容赦なく流れ込んでくる媚臭に理性が粉砕され、ヒップの柔らかな重みも桃源郷へと誘う。とても長く耐えられそうになかった。

「むううう、そ、そんなにされたら出ちゃうよ」

口許を塞《ふさ》がれながらも、どうにか告げることができた。しかし、ナースのフェラチオは少しも遠慮することなく、むしろ激しさを増す。持ちあがった陰嚢も揉み撫でられ、明らかに牡を頂上へと向かわせていた。

（いいや、もう──）

観念して手綱を弛《ゆる》めると、たちまちめくるめく瞬間が迫ってくる。

「むっ、むうう、むふぅううううッ！」

腰の裏が甘く痺れ、体軀が意志とは関係なくガクガクと波打つ。秘茎の根元に溜まっていた溶岩流が堤防を乗り越え、フルスピードで尿道を駆け抜けた。

「むはッ！」

女陰に熱い息を吹きかけながら、和良は射精した。蕩けるオルガスムスにまみれ、ありったけの樹液をびゅるびゅると解き放つ。

「ン──」

一瞬怯《ひる》んだ繭美が、舌を巧みに回してザーメンをいなす。亀頭を刺激されることで快感が長く続き、魂まで抜かれるようだった。

(すごすぎる……)

和良は手足をのばし、気怠《けだる》い余韻にひたった。すると、繭美がようやく腰を浮かせ、上からどいてくれる。

「気持ちよかったですか? 濃いのがいっぱい出ましたよ」

顔を覗き込んで愉しげに報告する彼女は、ほとばしりを余さず呑《の》み込んだようである。

申し訳なくも無邪気な笑顔にエロティシズムを覚え、和良は萎えかけたペニスをヒクリと脈打たせた。

第三章　抱けない人妻、抱けるナース

1

家に帰った繭美が、和良との再会を兄に報告したようである。もちろん、淫《みだ》らな戯《たわむ》れのことは伏せて。

それがきっかけとなり、二日後に懐かしい面々が集まった。繭美の兄である浩司の他に、中学時代に連《つる》んでいた仲間の滝沢《たきざわ》と本多《ほんだ》、それから同じ学年の女子がふたり。総勢六人によるプチ同級会が、地元のスナックで開かれたのだ。

「水くさいんだよ、和良は。こっちに帰ったんなら、連絡してくれればいいのに」

浩司が笑顔でなじる。

「いや、ごめん。一週間しかいないからさ」

「それだけいれば充分じゃねえか。正月にも滅多《めった》に帰ってこないんだから」

「だけど、みんなも忙しいだろうし」

「余計な気を遣うんじゃねえよ。いくら仕事があっても、二十四時間働きづめのわけがねえんだから」

「そうだそうだ。飲める機会はいくらでもほしいんだぜ」

滝沢が横から茶茶を入れると、

「お前はそればっかりかよ」

と、本多に頭を叩《たた》かれる。女子ふたりが声をあげて笑った。

成人式以来、ほぼ十年ぶりの再会にもかかわらず、遠慮のない言葉が交わされる。一気に中学時代まで遡《さかのぼ》ったかのようだ。

話題の中心になるのは、同級生たちの近況である。この年になれば、結婚したものが半分以上を占める。その場にいた者も、独身は和良と浩司だけであった。

誰がどこに嫁いだとか、どこで嫁を見つけてきたとか、中にはすでに離婚した者もいて、時の流れを感じずにいられなかった。

「ああ、そう言えば、高橋《たかはし》と渡部《わたべ》今日子《きょうこ》が結婚するって知ってたか？」

同級生同士のカップルの話が出て、和良は驚いた。

「え、あのふたりって、昔付き合ってたっけ？」

「いや、高橋は中学のとき、後輩の女の子と付き合ってたろ」

「渡部と付き合うようになったのは、半年ぐらい前からだって話だぞ」

「それでもう結婚か？　ずいぶん急いだな」

「まあ、同級生だから、お互いのことはよくわかってるしな」

和良がなるほどとうなずくと、女子のひとりが追加の情報を口にした。

「それに今日子ちゃん、おめでただって」

「え、子供ができたの？」

「できちゃった結婚ってやつさ」

浩司が言うと、もうかなり酔ったらしい滝沢が、赤い顔に下卑《げび》た笑みを浮かべた。

「高橋は、手ぇつけるのが早いからな。中学のときの彼女とも、すぐにハメたって言ってたし」

「いやだぁ」

品のない話に、女子たちが顔をしかめる。それでも、滝沢はおかまいなしだった。

「あの手の顔がいいヤツは、みんなそんなもんだろ。おれらの同級生にも、上級生にヤラれたやつがいたじゃねえか」

「誰だよ？」

本多が訝《いぶか》って訊《たず》ねると、

「桜井だよ。桜井香澄美」

滝沢が声を荒らげて答えた。

（え、桜井さん——）

和良の胸はパクンと高鳴った。

「えー、香澄美ちゃんはそんなんじゃなかったでしょ？　真面目《まじめ》に付き合ってたって聞いたけど」

女子のひとり、優子《ゆうこ》が反論する。相手の名前こそ出さなかったものの、生徒会長だった生田俊秋のことであろう。

「そっか？　だっておれ、あいつが男とすっげえ仲よさそうにくっついて歩いてたの見たぜ。たしか、おれらが中二のときに。あれは絶対ヤッてるって思ったもん」

「なんだそりゃ」

本多が苦笑したのは、中学生のくせにヤッてるかヤッてないかなんてわかるはずがないと思ったからだろう。まあ、滝沢も旧友と再会して懐かしくなり、それこそ中学時代に戻った気分で、ガキっぽい理屈を口にしたのかもしれない。

そのとき、無責任な噂《うわさ》話から話題を変えようとしたのか、浩司が口を挟んだ。

「桜井が付き合ってたのって、生徒会長だった二年上の生田先輩だろ？　まあ、ふたりがどういう関係だったのかは知らないけど、和良は生田先輩にハメられそうになったんだよな。憶えてるか？」

「え？」

和良がきょとんとすると、滝沢がまた妙なことを言い出す。

「なに、和良は生田にカマを掘られたのか？」

「アホか。ハメられたってのはそういう意味じゃねえよ。もう少しで和良は、あのひとのせいで覗《のぞ》き魔にさせられるところだったんだぜ」

浩司の話はまったく身に覚えのないことだったから、和良は首をかしげるばかりだった。

「なんだよ、覗き魔って？」

「そっか、やっぱりわかってなかったんだな。まあ、結果的に何事もなく終わったからよかったんだけど」

そう前置きして彼が話したことは、まったく卑劣としか思えない事件であった。

今でこそ鉄筋の新しい建物になっている出身中学であるが、在籍していた当時は木造で、体育館もかなり古いものだった。それこそ、あちこちに隙間や節穴があるぐらいに。

和良たちが入学して間もない頃、体育館の女子更衣室が覗かれるという事件が起こった。それも窓や壁の穴からというのではなく、天井裏からという大胆なものであった。犯人は数名の男子生徒。男子更衣室のロッカーによじ登り、壊れかけていた板をはずして天井裏に忍び込んだ。そして、女子更衣室のほうまで移動して、天井の隙間から覗いていたのである。

要は古い建造物だったからそんなことができたのだが、物音がするのを怪しんだ女子生徒が、職員室に先生を呼びに行った。それで慌てた犯人の生徒たちは、急いで男子更衣室に戻り、天井裏から脱出した。

そのとき、浩司は部活動の準備で体育館にいた。男子更衣室から三年生が何人か出てくるのを目撃し、そのうちのひとりが生徒会長の生田俊秋であった。

三年生たちのほとんどは、非常口から外へ逃げた。ところが、俊秋だけはその場に残り、更衣室の近くに何食わぬ顔で突っ立っていた。

浩司は特に気に留めてなかったのだが、間もなく女子生徒に連れられて教師が二名やってくる。まず女子更衣室に入り、そのあと男子更衣室に入って、ちょっとした騒ぎの様相を呈《てい》した。

いったい何事かと訝っていると、女子更衣室にいた部の先輩が、浩司のほうにやってきた。何があったのか訊ねると、天井裏から女子更衣室を覗いた者がいたとのこと。どうやら、男子更衣室から移動してきたらしいというのだ。

話を聞いて、浩司はすべてを理解した。さっき逃げた三年生と、それから俊秋がその犯人なのだと。

そのことを先生に告げるべきか、浩司は迷った。上級生をチクったりしたら、あとで仕返しされるかもしれないからだ。

迷いながらもそちらのほうに近づくと、教師のひとりがそこにいた俊秋に何か見なかったかと質問するのが聞こえた。すると、彼はこう答えたのである。

『ああ、一年坊主が出てくるのを見ましたよ。誰かはわかりませんでしたけど。校舎の二棟のほうに逃げたみたいです』

二棟というのは、特別教室がある棟だ。いけしゃあしゃあと他に罪を被せるとは、なんてずる賢《がしこ》いのか。浩司はあきれるばかりだった。

俊秋がここに残ったのは、自分たちに容疑がかからないよう、他に犯人がいると思わせるためだったのだ。生徒会長の証言なら、先生たちも信じるに違いないと見込んで。

案の定、教師ふたりは体育館を出て、二棟のほうに向かった。これはまずいと、浩司はあとを追った。一年生の誰かが疑われてはならないと思ったのだ。そのときには、先生に真実を告げるつもりでいた。

するとと偶然にも、教師たちの行く手に和良がいたのである。

ふたりは同じクラスだったが、当時はまだ仲がいいというわけではなかった。それでも、先生が和良に声をかけたのを見て、浩司は助けなければと思った。

ところが、和良がきょとんとして、さっぱり訳がわからないという態度を示したものだから、教師たちもこの子は違うと判断したようだ。直《ただ》ちに彼を解放し、他を探しに行ってしまった。おそらく、悪さなどできそうにない人畜無害《じんちくむがい》の顔立ちも、冤罪《えんざい》から免《まぬか》れる助けになったのだろう。

結局、覗き事件は犯人が特定されることはなかった。事件そのものについても、一部の生徒や教師たちしか知らないままで終わった。そして、男子更衣室の天井はすぐに修理され、二度と起こることはなかったのである。

「へえ、そんなことがあったんだあ」

浩司の話に、もうひとりの女子、裕美《ひろみ》がまるっきり他人事《ひとごと》というふうにうなずく。もしかしたら自分も覗かれたかもしれないのに、少しも気にした様子がないのは、あれから十数年も経っているからだろう。

「和良、憶えてないのか？」

本多の問いかけに、和良は「うん……」と戸惑《とまど》い気味にうなずいた。そう言えば、廊下を歩いていたらいきなり先生に声をかけられたことがあったような気もするが、何を聞かれたのかまったく憶えていない。理解する間もなく先生が行ってしまったから、人違いだと思ったのか。

しかし、まかり間違えば、覗きの汚名を着せられた可能性があったのだ。

「まあ、誰も犯人にされなかったから、おれも黙ってたんだけど。ただ、生田先輩って、生徒会長なのにそういう悪さをけっこうしてたみたいなんだよな。先生たちが知らなかっただけで」

それは佐枝子も話していたから、やっぱりそうだったのかと納得できた。ビデオカメラで女子のスカートの中を狙《ねら》うような人間なら、わざわざ天井裏にあがってまで女子更衣室を覗いても不思議ではない。

ただ、その罪を他になすりつけようとしたことは、許せないと感じた。まして、自分がその犠牲になるところだったのだから。

「じゃあ、桜井はそんなヤツと付き合ってたのか？」

滝沢の発言に、優子が応える。

「付き合ってたっていうか、結婚したんじゃない」

「ああ、そうだったっけ。じゃあ、今は桜井じゃなくて生田か」

「あ、そういや、こないだ市立病院で彼女を見かけたんだよな」

本多の言葉に、他の面々が《え？》という顔をする。

「どこか悪いのかしら？」

「いや、診察のほうじゃなくて病棟だったから、見舞いかもしれないけど」

「身内が入院したってことか？」

「……旦那さんが入院したんだよ」

和良がポツリと口にしたことに、一同が驚きをあらわにした。

「え、ホントに」

「いつからなんだ？」

どうやら誰も知らなかったらしい。

「従姉《いとこ》が生田さんと同じ学年なんだよ。こないだ法事のときに会って聞いたんだ」

簡単に説明すると、みんな納得したようだった。

「そうだったのか。でも、生田先輩はおれたちのふたつ上だから、三十三ぐらいだろ。どこが悪いんだろ？」

浩司が首をかしげる。からだを悪くする年でもないだろうにと思ったのではないか。

「さあ……おれもそこまでは聞いてないけど」

実際に病名など知らなかったから、和良はそう答えた。

「あれだろ、きっと。昔あれこれ悪さした罰が当たったんだよ」

滝沢の解釈は実にストレートだった。さらに、和良にも話を振る。

「和良も覗き魔にさせられるところだったんだから、ザマミロって思うだろ？」

「いや、そこまでは……」

さすがに肯定はしなかったものの、否定できなかったのも事実だ。但《ただ》しそれは、汚名を着せられかけたことよりも、香澄美と結婚したことに対するわだかまりからであったが。

「和良はお前と違って人間ができてるから、そんなこと考えるはずないだろ」

本多の庇《かば》い立てに、和良は自己嫌悪を覚えた。自分はそこまで立派な人間ではない。そのくせ、苦笑いしかできないことも腹立たしかった。

「でも、大変だね、香澄美ちゃん。旦那さんが入院なんて」

優子のねぎらいには実感がこもっていた。裕美も「そうだね」と同意する。

「ウチは旦那じゃなくてお義父《とう》さんだったんだけど、一ヶ月ぐらいの入院でもけっこう大変だったもの。からだの疲れじゃなくって、気疲れがひどいの。べつにわたしだけが付き添ってたわけじゃなくて、お義母《かあ》さんや旦那の妹と交替だったのに、退院が決まったときはうれしくて泣きそうになっちゃった。お義父さんのためじゃなくって、これで付添いから解放されるって」

「へえ」

「だから、自分の旦那が入院ってことになったら、精神的にはもっとキツいと思うわ」

それを聞いて、和良の脳裏に病院で再会した香澄美の顔が浮かんだ。

（たしかにやつれた感じがあったものな……）

あれはそうすると気疲れのせいだったのか。なのに、あいつと結婚したせいではないのかと考えた自分が嫌になる。

「まあ、生田のヤローに同情する気にはならねえけど、たしかに桜井は——香澄美は気の毒かもな」

滝沢がもっともらしくうなずくと、本多がやれやれという顔をする。

「よく言うよ。さっきは彼女のことをけなしてたくせに」

「いや、おれはそんなつもりはなかったぜ。同級生のことを悪く言う気はさらさらねえもん。悪いのは旦那のほうだよ」

「実はわたし、この会のこと、香澄美ちゃんにも伝えようかって思ったの」

優子がやるせなさげに打ち明ける。

「でも、香澄美ちゃんって結婚してから、女同士のこういう集まりにも顔を出さなくなったんだよね。生田さんのところって、もともと肝煎《きもいり》(名主)だから家がけっこう厳しくて、お嫁さんに自由がなかったみたい。昼間はともかく、夜の外出なんてもってのほかって感じで。だから無理だろうなってやめたのよ。旦那さんが入院してるんなら、仮にお許しが出ても来なかっただろうけど」

「まあ、そうだろうな」

「でも、会いたかったな、香澄美ちゃんにも」

裕美がつぶやくように言う。一同がうなずく中、和良はこの場に香澄美がいなかったことに安堵《あんど》していた。おそらく、どんな顔をすればいいのかわからなくなったであろうから。

「しかし、結婚するっていうのも大変なんだな。背負い込むことがたくさんあって」

独身の浩司がしみじみ述べると、滝沢が「当たり前だろ」と返す。

「おれだっていつも好き放題にしてるように見えるかもしれないけど、こんなふうに心置きなく飲めることって、そうないんだぜ。今夜はみんなといっしょだから、気持ちよく酔えるんだ」

「なに言ってんだよ。しょっちゅう飲んでるくせに」

またも本多がツッコミをいれたものの、たしかにそうだと感じているらしい。それまでよりも口調が優しかった。

「いや、マジでさ」

滝沢が眠そうにつぶやき、ソファーに背中をあずけて目を閉じる。いかにも気持ちよく酔っているふうだ。

「やっぱり、あの頃とは違うんだな……みんな変わっちゃうし、変わらなきゃいけないのかな」

浩司の言葉は、和良の胸に深く染み込んだ。

2

翌日、和良は市立病院へ行った。香澄美に会うためだ。

会ってどうするのかと、何か考えがあったわけではない。ただ、無性に会いたくなったのである。

しかし、内科病棟の階に到着し、エレベータの扉が開くなり、足が重くなる。とりあえず外に出たものの、どちらに進めばいいのかわからなくなった。

（何をやってるんだよ、おれは……）

会いたくなったのは、昨夜の飲み会で香澄美の話題が出たからだ。そのときは、彼女がいないことに安堵したのに、なぜだか今日になって顔が見たくなった。嫁ぎ先の事情などを知ったことで、今の率直な気持ちを聞きたくなったのだ。

本当に幸せなのかと。

だが、答えを聞けたところで、何ができるわけでもない。幸せだと言われればそれまでだし、仮に不幸せだと答えられても、自分が幸せにするなんて言えない。そんな保証はどこにもないからだ。

結局のところ、中学時代の片想いを引きずって、感傷的になっているだけではないのか。こんなことになるのなら、帰省しなければよかったと後悔する。

「あれ、君はこのあいだの――」

いきなり声をかけられてビクッとなる。振り返ると、点滴用のスタンドを手にした病衣の男――香澄美の夫である俊秋だった。トイレか散歩にでも出ていたらしい。

「あ……どうも」

まさかこんなところで会うとは思わず、和良は狼狽《ろうばい》した。それでも頭を下げ、どうにか誤魔化《ごまか》す。

「お加減はいかがですか?」

「まああかな。ええと、駒木の従弟の、ヨシカズ君だっけ?」

「和良です」

訂正しても、俊秋は悪びれることなく「ああ、そう」とうなずいただけであった。そんなことはどうでもいいという態度をあからさまにしていたから、次に会ったときにもきっと間違えるだろう。

「また見舞いに来てくれたのかい?」

「え? ああ、いや——」

「じゃあ、うちのヤツに何か?」

眉《まゆ》をひそめた問いかけにドキッとする。だが、動揺を悟《さと》られぬよう、和良は表情を引き締めた。

「いえ……生田さんにお伺いしたいことがありまして」

「おれに?」

「はい」

「ふうん……じゃあ、病室に行こうか」

歩き出した俊秋のあとに、和良は続いた。

点滴スタンドに摑《つか》まってこそいるが、足取りが覚束《おぼつか》ない感じではない。ただ、年齢のわりに歩みはゆっくりしていた。慎重になっていると言うべきか。

病室には誰もいなかった。

「うちのヤツは、今日は来てないんだよ」

ベッドに入りながら、俊秋が何気ない口ぶりで告げる。ただ、目だけはこちらを向いており、反応を窺《うかが》っているふうだった。

「そうですか」

和良は素知らぬふうに返した。香澄美と同級生であったことは、前回の訪問で彼もわかっている。あの日、エレベータ前のロビーで、ふたりだけで話をしていたことを誰かに聞き、仲を疑っているのではないだろうか。

できれば香澄美と何か関係があることを匂わせ、嫉妬《しっと》させてやりたかった。けれど、実際は何もないのだから不可能だ。それに、妙な含みを持たせたりすれば、彼女に迷惑をかけることになる。

「で、何が訊きたいんだい？」

リクライニングさせたベッドに横たわり、俊秋が尊大な口調で訊ねる。エレベータの前で対面したときから、彼はこちらを下に見る態度を示していた。それが鼻についていたものだから、和良も挑戦的になったのだろう。

「実は昨日、中学時代の友人たちと飲んだんです。そのときにあなたの話が出て、おれが生田さんに罪を被《かぶ》せられるところだったことを知ったんです」

「罪？」

「生田さんたちは中学のとき、天井裏に忍び込んで女子更衣室を覗いたことがありますよね？」

問いかけに、俊秋は何も答えなかった。何を言い出すのか探るように、こちらをじっと見つめている。

（ボロを出さないようにしてるんだな）

佐枝子によれば狡猾《こうかつ》な人間らしいから、自身の悪事を簡単には認めないだろう。ここは付け入る隙を与えないよう、丁寧に説明する必要がある。

「そのとき、生田さんたちは先生たちが来る前に逃げ出して、けれど生田さんは体育館に残っていたそうですね。そして、先生に、一年生が更衣室にいたと嘘《うそ》の説明をしたと聞きました。それで、先生がそのいるはずのない一年生を探していたときに、おれを見つけたんです」

ここまで話しても、俊秋は顔色ひとつ変えなかった。怪訝《けげん》そうな表情も見せないから、忘れているわけではあるまい。

（しらを切り通すつもりなのか？）

和良は次第に苛《いら》ついてきた。

「おれは先生から尋問されて、けれど何のことなのか、さっぱりわからないわけですよ。よく憶えてないんですけど、たぶんきょとんとなっていたんじゃないかと思います。それで先生もこれは違うと判断したらしく、諦《あきら》めて他へ行ってくれたんです。だけど、もしかしたらもっとキツく尋問されて、おれが覗きの犯人にさせられた可能性もあったわけですよね？　生田さんのせいで」

少しも意に介さない俊秋に業《ごう》を煮やし、和良は睨《にら》みつけた。ところが、彼は少しも怯《ひる》んだ様子を見せない。

それどころか首をひねり、やれやれというふうにため息までついたのだ。

「で、そのことをおれに話して、君はどうしようっていうんだい？」

冷めた問いかけに、和良は啞然《あぜん》となった。

「え、どうしようって……」

「おれが君に何か悪いことをしたのなら、謝罪でも何でもするよ。だけど、君はおれに罪を被せられたみたいなことを言ったけど、おれはべつに君を狙ったわけじゃない。たまたまそうなりそうだったってだけだ」

「いや、でも――」

「それに、結果的に君は何も咎《とが》められなかったわけだし、どうやら昨日友達から聞くまで、そのことを忘れていたようじゃないか。つまり、何ら被害はこうむっていないってことになる」

「たしかにそうですけど、一歩間違えばその可能性があったわけで」

「可能性はあくまでも可能性であって、しかも過ぎたことだからゼロってことになる。わざわざ蒸し返す必要はないだろう」

悪事を咎められ、開き直っているわけではない。彼は非がまったくないと思い込んでいるようだ。これには、和良はあきれるばかりだった。

「だけど、生田さんは女子更衣室を覗いたんですよね？」

詰め寄っても、俊秋はそれが何かと言わんばかりの、涼しい面持《おもも》ちだった。

「仮におれがそんなことをしたとしても、君に弁明も謝罪もする必要はないだろう。だって、君は被害者でもなければ、おれを指導する立場にあるわけでもないんだから。言わば無関係ってことさ。だから訊ねられても、返答する義務はない」

きっぱりと言い返され、言葉を失う。だが、たしかに彼の言うとおりなのだ。行き場のなくなった憤《いきどお》りと苛立ちがふくれあがり、頭に血が昇る。そのとき、年上の男がニヤリと笑った。

「そんなくだらない話をするために、わざわざここまで足を運んだのかい？　ご苦労だったね。法事のために帰省したって話だったけど、他にすることがないのなら東京に帰ったほうがいいと思うよ」

明らかに嘲《あざけ》っているとわかる言葉遣いである。相手を怒らせ、苛つかせるにはどうすればいいのか、彼はわかっているのだ。

ここで挑発にのったら自分の負けである。和良は拳《こぶし》を握りしめ、息を止めた。落ち着けと自らに言い聞かせ、ゆっくりと息を吐き出す。

「たしかにくだらないことをしましたね。反省する心も良心も持ち合わせていない人間に、話をすることそのものが無駄でした。ところで、この部屋にもビデオカメラがあるんですか？」

「ん、どうしてだい？」

「いえ、中学時代の悪いクセが抜けずに、看護師さんの下着でも盗み撮りしているのかと思って」

精一杯の厭味《いやみ》のつもりであった。けれど、俊秋は少しも動じなかった。むしろ憐《あわ》れむような眼差《まなざ》しで、じっと見つめてくる。

それから、小さくため息をこぼした。

「おれも君の立場だったら、たとえ相手が年上であっても、あれこれ言いたくなったかもしれないな。自分の未熟さも省《かえり》みずに。いや、未熟だからこそ言いたくなるのか」

お前は未熟だと、遠回しに言っているわけである。傲慢《ごうまん》な姿勢を崩《くず》さない男に、和良は眉間《みけん》のシワが深くなるのを感じた。

だが、「君の立場」とはどういう意味なのだろう。

（まさか、昔おれが桜井さんを好きだったことを知ってるんじゃ――）

妻がいないことをいちいち断わったのは、そのためではないのか。あるいはふたりの関係を疑っているのかとも考えたが、そうではなく、自分の妻に叶わぬ想いを寄せる年下の男を、心の内で嘲笑しているのかもしれない。それゆえに、自信たっぷりに振る舞っているのではないか。

すべてを見透かされている気がして、和良は動揺した。そこに俊秋が追い打ちをかける。

「ただ、少なくとも、病気で入院している人間を責めたりはしないけどね」

またも正論を告げられ、和良は今度こそ何も言えなくなった。

(何をやってるんだよ、おれは)

俊秋を咎めるために病院まで来たわけではないのに。これでは香澄美に会えなかった不満を夫にぶつけたようなものではないか。ただただみっともない。滑稽《こっけい》で、恥ずかしいばかりだ。

「失礼します」

和良は一礼すると、逃《に》げるように病室を飛び出した。

3

(――ったく、おれはどうしようもない馬鹿野郎だな)

自己嫌悪に苛まれ、和良は自分を殴《なぐ》りつけたかった。もちろん病院内でそんなことはできず、情けなさにまみれたままエレベータのボタンを押す。一刻も早く、その場から消えたかった。

ところが、扉が開いて現われた人物に驚愕《きょうがく》し、その場に固まる。

「あら」

同じように驚いた顔を見せたのは、白いブラウスにロングスカートの清楚な人妻——香澄美であった。けれど、彼女がすぐに頬を緩《ゆる》めてくれたものだから、和良も緊張を解くことができた。

「お見舞いに来てくれたの？」

訊ねられ、胸がチクッと痛む。お見舞いどころか、病人を責めるという失態を演じてしまったのだ。

「いや……旦那さんじゃなくて桜井さんに」

「え、わたし？」

また驚きを浮かべられ、和良はうろたえた。

「あ、いや、だけど——何がってわけじゃなくて……」

しどろもどろになると、香澄美が困惑したふうに眉根を寄せる。ますます居たたまれなくなり、和良は唇を噛んだ。

（……ったく、何をやってるんだろうな、おれは）

帰省してからずっと、歯車が狂いっぱなしな気がする。自分でちゃんと考えられないまま、色んなものに流されているようだ。

もっとも、色んなものとは、すべて女性であるのだが。佐枝子に繭美、それから香澄美と、再会した彼女たちの前で、ひたすら右往左往しているばかりではないか。

（本当に、もう東京に帰ったほうがいいのかもしれない）

そんなことを考えたとき、真顔になった香澄美がポツリと告げる。

「ね……時間があるのなら、付き合ってもらえる？」

「え？」

「駄目かしら」

小首をかしげられ、和良の胸はこれまでに経験がないほどときめいた。過去に戻り、まだ中学生の彼女から誘われたような心地であった。

数分後、ふたりは病院の屋上にいた。

晴れ渡った空の下、入院患者の洗濯物や毛布、布団などが干されている。リネンの類いがないのは、業者が洗濯から乾燥まで請負っているからだろう。

もっとも、和良が営業で回る都内の病院には、こんなふうに屋上で洗濯物がひらめいているところはない。それはいっそ懐かしさを感じる眺めであった。

洗剤の香りが漂《ただよ》うあいだを縫《ぬ》って、端まで進む。他にひとの姿はない。金網のフェンス越しに景色を眺めれば、他に高い建物がほとんどない市街地が広がっていた。

エレベータにふたりで乗ってからここに来るまで、会話はまったくなかった。誘ったほうの香澄美が沈黙していたため、和良は言葉を発することをためらったのだ。それに、どんな話をすればいいのかもわからなかったから。

フェンス際に着いてからも、彼女は黙って景色を眺めていた。ただ、暖かな風に吹かれて安らいだおかげか、気まずさはそれほどない。すぐ隣で、和良も無言のまま街並みに視線を向けた。

「……このあいだはありがとう」

香澄美が静かな声でお礼を述べる。和良がドキッとして顔を向ければ、彼女はこちらを見ていなかった。そのため、空耳かと思ったのである。

しかし、そうではなかった。

「駒木君が励ましてくれて、わたし、とてもうれしかったの。ああいうことを言ってくれるひと、まわりにいなかったから」

「え、どうして？」

「夫が入院しているんだから、妻が看病するのは当たり前ってことじゃないかしら。それに、大したことをしているわけでもないんだから」

香澄美が口にした「まわり」というのは、嫁いだ先の生田家のことではないのか。舅《しゅうと》とか姑《しゅうとめ》とか、他に誰がいるのかは知らないが、嫁だから当然という田舎《いなか》にありがちな意識があるのかもしれない。

いや、昨夜の優子の話では、外出もままならないということであったから、きっとそうなのだろう。

（それにあいつも、奥さんに感謝するようなタイプじゃないものな）

ついさっき会ったばかりの夫――俊秋の顔が浮かぶ。途端に自己嫌悪も蘇《よみがえ》り、和良はすぐに面影《おもかげ》を打ち消した。

「大したことをしてないってことはないと思うけど」

香澄美の横顔を見つめ、言葉を選びながら告げる。慎重になったのは、俊秋にやり込められた影響からだろう。

「おれは、桜井さんは頑張ってると思うよ。ずっと見てたわけじゃないけど、なんとなくわかるんだ。旦那さんのために心を砕《くだ》いてるって。それに、気苦労だってあるだろうし。家族が入院すれば、それだけで不安になるだろうからね」

香澄美がゆっくりとこちらを向く。潤《うる》んだ瞳で見つめられ、胸が締めつけられるようだった。

「ありがとう……」

「いや、お礼なんていいんだよ。むしろ桜井さんこそが、みんなから感謝されるべきなんだ」

「わたしはそこまで望んでないけど……でも、ほんのちょっとでもねぎらってもらえれば、もっと元気になれると思うわ」

それは彼女の本音であったろう。けれど、嫁ぎ先の愚痴《ぐち》をこぼしたことに気がついたか、取り消すようにかぶりを振った。

「でも、駒木君って優しいのね。思いやりがあるっていうか、他人のこともちゃんと理解してあげられるんだね」

「え？」

「だって、気苦労や不安があるとか、そういうのってなかなかわからないじゃない」

「いや――実は、単なる受け売りなんだけど」

「え、誰の？」

「昨夜、浩司たちと飲んだんだ。獅子谷浩司。あと、滝沢に本多と――」

女子もふたりいたことを告げると、香澄美は懐かしむ表情で口許をほころばせた。

「へえ、優子たちもいたの。いいなあ。わたしも行きたかったわ」

「女の子たちは、誘うつもりでいたんだって。でも、今は大変みたいだから、遠慮したって言ってたよ」

夫の入院とは関係なく、どうせ嫁ぎ先から出してもらえないだろうというのが、優子の述べた理由だった。けれど、そこまで話す必要はないだろうと、和良は曖昧《あいまい》な説明をしたのである。

しかし、香澄美は何もかも納得したふうな表情で、悲しげに目を伏せた。

「うん……たぶん誘われても、行けなかったと思うわ」

湿っぽくなった雰囲気をなんとかしなくちゃいけないと、和良はみんなが心配していたことを告げた。家族が入院すれば気苦労があり、看病だけでなく何かと大変だという話も、そのときに出たのであると。

「だからおれは、みんなの代わりに励ましたようなものなんだよ。それに、今は大変かもしれないけど、何かあれば同級生たちみんなが、桜井さんを助けるんだからさ。もちろん、おれだって」

「……ありがとう」

香澄美が笑顔を見せる。指で目許を拭《ぬぐ》い、照れくさそうに視線をはずした。

「なんだか駒木君と話してると、若かった自分に戻れた気分になるわ。だからこんなに元気が出るのね」

「え？」

期待させるような言葉に、恋心がふくらむ。それだけ男として関心を持ってくれたのかと思えば、

「だって、昔の苗字で呼んでくれるのって、駒木君だけだもの。結婚してからは、ずっと生田だったし」

そういうことかと落胆する。旧姓で呼ばれるから、昔に戻った気がするだけなのだ。

「だって……おれの知ってる桜井さんは、生田じゃなくて桜井さんだし」

「え？」

「あ、いや。ていうか、桜井さんはまだ若いじゃないか。昔と全然変わってないよ」

「そんなことないわ」

「そんなことあるよ。まあ、昔よりもずっと綺麗になったけど」

ムキになって、ついポロッと本心が出てしまう。おまけに、香澄美が冗談めかして受け流したりせず、真っ赤になって俯《うつむ》いたものだから、胸がどうしようもなく高鳴った。

そして、狂おしいまでに衝動が高まる。彼女を抱きしめたくてたまらない。

（こんな場所におれを連れてきたってことは、彼女にもその気があるってことじゃないのか？）

さっきから見せている表情にも、好意の片鱗《へんりん》を感じる。何とも思っていない男の前で、こんな顔をするだろうか。

(それに、おれはもうすぐ東京に戻るんだ。そうしたら、桜井さんに会えなくなる——)

そんな思いも行動を後押しする。今しかないのだと、積年の想いが胸の中で激しく沸騰《ふっとう》した。

「桜井さん——」

呼びかけるなり、和良は香澄美を胸に抱き寄せていた。

「あ……」

小さな声を洩《も》らし、人妻の同級生がわずかに抗《あらが》う。しかし、すぐにおとなしくなった。

(……おれ、桜井さんを——)

腕の中に柔らかな女体がある。けれど彼女を抱きしめているのだと実感したのは、甘くなまめかしい香りが鼻腔に流れ込んでからであった。

香澄美はじっとしていた。身を強《こわ》ばらせていたわけではない。からだの力を抜いて、和良にすべてをまかせていた。

そうと気がついて、全身がカッと熱くなる。

(いいのか……桜井さん?)

これは、何もかも許してくれるということなのか。

和良は彼女の背中をそっと撫《な》でた。薄いブラウス越しに肌のぬくみが感じられ、官能的な心地にひたる。

だが、指先がブラジャーのベルトに触れるなり、女という性を強く意識させられた。

(何をするつもりなんだ、おれは)

そして、いったい何がしたいのか。

結局、和良はそれ以上進むことができなかった。今ならまだ引き返せるという思いが強くなり、抱きしめていた腕をそっとほどいたのである。

からだを離すと、香澄美はホッとしたような、それでいて残念そうな、複雑な表情を見せていた。けれど、和良と目が合うなり、赤く染まっていた頰をいっそう紅潮させ、うろたえ気味に視線をはずす。

「あ——ありがとう、駒木君。いろいろと励ましてくれて」

「え? ああ、うん」

「それじゃ、わたし行くね」

踵《きびす》を返すなり小走りに駆け出した人妻の後ろ姿は、たちまち干し物の陰に隠れ、見えなくなった。

（励まし、か……）

和良は全身から力が抜けるのを覚えた。

香澄美が最後にあんなことを言ったのは、今の抱擁を単に励ますためのスキンシップだったことにして、深い意味を持たせまいとするためだったのだ。つまり、お互いに特別な感情などなかったのだと。

いったい何を期待していたのだろう。もしかしたらと勝手に思い込み、また独りよがりの滑稽な振る舞いをしてしまった。

（桜井さんがおれのことを好きなはずないじゃないか）

励まされたことを感謝しただけなのに、それを好意だと早合点してしまったのだ。

つくづく自分が嫌になる。だが、本当につらいのは、彼女が自分を好きになってくれないことではない。

（やっぱり桜井さんにとっては、あの男がいちばんなんだな）

そのことに、無性に苛立ちを募《つの》らせる。あんな厭味な男でも、香澄美は愛しているというのか。

前回見舞ったときは、佐枝子や和良の前ということもあったのだろう、ふたりが仲睦《なかむつ》まじい姿を見せることはなかった。けれど、おそらく今はふたりっきりで、親密な言葉を交わしているに違いない。

そんな場面を想像し、感情が爆発しそうになる。和良はフェンスの金網を、拳で思い切り殴りつけた。

ガシャン――。

大きな音がして、振動がかなり遠くまで伝わる。痛みが拳から肩にまで響いた。

「キャッ」

背後から悲鳴が聞こえたものだから、和良はドキッとした。振り返ると、そこには目をまん丸にした繭美がいた。

「どうしたんですか、和良さん!?」

心底びっくりしたという顔をされ、気恥ずかしくなる。いい年をして、苛立ちをそこらの物にぶつけるなんて。まったくどうかしている。

「あ、いや、べつに……」

言葉を濁《にご》し、金網を掴んでガチャガチャと鳴らす。それもひどく子供っぽい誤魔化し方であったろう。

「繭美ちゃんこそ、どうしてここに？　もう仕事は終わったの？」

「いえ、わたしはこれです」

そう言って彼女が見せたものは、ハンカチで包まれたお弁当であった。

「休憩時間で、せっかくいいお天気だから屋上で食べようと思ったんです」

「ずいぶん遅いお昼だね」

「それは仕方ないですよ。患者さんのお世話がありますから、交替で食べるんです」

答えてから、繭美は怪訝そうに眉をひそめた。

「今、エレベータのところで生田さんの奥様とお会いしたんですけど、ごいっしょだったんですか？」

「え？　ああ、まあ……」

曖昧な返事は、かえって思わせぶりにとられたのかもしれない。若い看護師の眉間が、またシワを深くする。

「ふうん……」

彼女も意味ありげにうなずき、こちらに近づいてきた。

「あ、お弁当の邪魔しちゃ悪いから、おれはこれで——」

和良は焦《あせ》り気味に退散しようとした。繭美の目が、こちらをじっと探っているように感じられたからである。香澄美と抱擁したことまで悟られそうな気がした。

ところが、ついと前に立ちはだかった彼女に、行く手を遮《さえぎ》られてしまう。

「どうしたんですか、和良さん？」

「え、何が？」

「すごく怖い顔をしてますけど。このあいだも難しい顔をされてましたけど、今日はさらにひどくなってますよ」

「そう……かな？　いや、そんなことは――」

「そんなことありますってば」

強く言い返され、和良は押し黙った。病室での俊秋とのやりとりや、さっきの香澄美とのふれあいで、かなりストレスフルになっていたのは確かなのだ。

（でも、そんなに顔に出てるのかな？）

まあ、衝動的に金網を殴ったぐらいだから、胸の内にやるせないものが溜まっているのは確かだろう。それこそ、繭美にもわかるほどに。

「和良さんは優しいから、嫌なことがあっても我慢して、すぐに溜め込んじゃうんでしょ？　そういうのってよくないですよ。ストレスは色んな病気の元凶なんですからね」

現役ナースの言葉だから、真に迫っている。和良は気圧《けお》されるように「う、うん」とうなずいた。

「だから、またわたしが癒《い》やしてあげますね」

「いや、そういうのは——あうッ」

藺美に股間をギュッと摑まれ、和良は腰を震わせて呻《うめ》いた。

そこは香澄美と抱擁しているあいだもふくらむことはなかった。それだけ彼女への想いが真剣だったからであるが、勃起しなかったのは幸運とも言える。もしも昂奮《こうふん》状態になっていたら、何かあったのではないかと藺美に疑われたであろうから。

「リラックスしてくださいね」

ナースの手指が牡《オス》の中心を愛撫する。ズボン越しでも膝《ひざ》が砕けそうに快《こころよ》く、和良の鼻息は自然と太くなった。

（藺美ちゃん、ひょっとしてストレスじゃなくて、別のものが溜まってると思ってるんじゃないのか？）

あるいは、発散されない牡の欲望がストレスそのものと考えているのか。ともあれ、快感を与えられたペニスは急速にふくらんだ。

「うふ。大きくなってきましたよ」

あどけなさと妖艶さが両立する笑顔に、欲望がこみ上げる。それでも、節操なく悦《よろこ》びに身をまかせることには、抵抗を覚えずにいられなかった。

（なんだってまたこんなことに——）

一度ならず二度までもと、真っ正直な自分が咎める。六つも年下の娘に、いいように操られっぱなしとは情けない。

一方で、一度も二度も同じことではないかと、自堕落《じだらく》な自分が頭の中で囁《ささや》く。そのせめぎ合いは巧みな愛撫の加勢によって、自堕落が勝利することになった。

4

「わたしに全部まかせてくださいね」

繭美がすっとしゃがみ込み、弁当を脇に置いてズボンの前を開く。フェンスを背にして立つ和良の下半身を、手早く脱がせてしまった。

「こ、こんなことしてないで、お弁当を食べたほうがいいんじゃないの?」

それはひどく間の抜けた問いかけであったろう。彼女はクスッと白い歯をこぼし、からかう眼差しで見あげてきた。

「いいんです。わたしは、他のものを食べさせてもらいますから」

そう告げるなり、半勃《だ》ちのペニスを頬張ったのである。

「ああ……」

和良はネジがはずれたみたいな声をあげ、膝をカクカクと震わせた。

舌が忙しく回り、敏感な頭部をしゃぶる。くすぐったさの強い快感に海綿体が充血を余儀なくされ、牡のシンボルは瞬く間にピンとそそり立った。

「ぷはっ」

上向いた肉棒から口をはずし、繭美が唾液に濡《ぬ》れたそれをうっとりと見つめる。

「素敵……」

シンプルな感想が、やけにいやらしく聞こえた。

血管を浮かせて聳《そび》えるものを、彼女は舌を左右に細かく蠢《うごめ》かせながら、下から上へと舐《な》めあげる。それを何度も繰り返すことで、悦びがぐんぐん高まった。

そうやって充分に感じさせてから、繭美は再び牡棒を口に入れた。もっとも、根元まではさすがに無理で、半ばまでを温かな口内にひたすと、残り部分を指の輪でしごく。それも、舌をピチャピチャと律動させながら。

（うう、気持ちいい）

とても立っていられなくなり、和良は後ろのフェンスにからだをあずけた。金網が不平を洩《も》らすみたいに軋《きし》む。

「ん……んふ」

熱心なフェラチオでこぼれる鼻息が、陰毛をそよがせる。それも官能を高め、和良は背徳感にまみれて腰を揺すった。前回よりもいけないことをしているという意識が強いのは、密室ではなく屋上で、日光を浴びながら奉仕されているせいだろう。

しかも、制服制帽の現役ナースに。

（いいのか、こんなところで――）

誰かに見つかったらどうするのか。けれど、繭美が少しも気にすることなくおしゃぶりを続けるものだから、心配ないのだと思えてきた。途中でやめさせるには惜しいほど、たまらなく気持ちよかったせいもある。

ただ、一方的に奉仕されるのは、やはり心苦しい。

「ねえ、おれも繭美ちゃんにしてあげるよ」

声をかけると、白衣の肩がビクッと震える。肉棒を口に入れたまま、繭美が怖《お》ず怖ずと見あげてきた。

「繭美ちゃんを気持ちよくしてあげたいんだ。このあいだはおれがしてもらうばかりで、何もできなかったから」

誠意を込めて告げると、ピンク色の唇《くちびる》が生々しい肉色の猛《たけ》りからはずされる。鈴割れとのあいだに繋がった粘っこい糸を、可憐な舌が舐め取った。

「わ、わたしはいいですよ」

戸惑いをあらわに告げられた言葉は、ただ遠慮しているだけではなさそうだ。おそらく、有りのままの匂いや味を知られることに抵抗があるのだろう。

「いや、おれがしてあげたいんだ」

「だけど……仕事中だし、あ、洗ってないのに」

やはり不浄の部分を男に与えたくないのだ。

ただ、和良は気持ちよくしてあげたいと告げただけで、その方法がクンニリングスだとはひと言も口にしていない。なのに、そうであると彼女が決めつけているのは、されたいという気持ちがあるからではないのか。

「おれのそこだって洗ってないよ。でも、繭美ちゃんは気にしないで舐めてくれたじゃないか。だからおれだってしてもいいはずだろ？」

「でも……」

ためらいをあらわにしながらも、繭美はペニスをしごき続ける。しゃがみ込んだヒップが悩ましげに揺れているのを、和良は見逃さなかった。

（やっぱりしてもらいたいんだな）

ここは多少強引であっても、そっちの方向にもっていくべきだと判断する。

「おれにも繭美ちゃんのアソコを舐めさせてよ」

ストレートに告げ、肉棒に巻きついた指をはずさせる。手を引いて彼女を立たせると、入れ替わってフェンスに摑まらせた。

「もっとおしりを突き出して」

男にヒップを差し出す破廉恥《はれんち》なポーズをとらせると、若い看護師は耳たぶまで真っ赤になった。

「ほ、ホントにするんですか？」

「もちろん」

和良は彼女の真後ろにしゃがむと、迷う間を与えないように、いきなり白衣の裾を大きくめくりあげた。

「やあん」

繭美がはじらいをあらわに豊満な丸みをくねらせる。そこは前と同じように、白いパンティストッキングで包まれていた。

ただ、ひとつだけ違うのは、そこに透けるのが黒の下着で、しかもぷりんとした臀部《でんぶ》がまる見えのTバックだったことである。

（こんなエッチな下着を穿《は》いてるなんて——）

嬉しい誤算と言うべきか。ただでさえ煽情《せんじょう》的なランジェリーは、白衣の天使が着用することで、いっそう卑猥《ひわい》に感じられる。まさに堕天使の装《よそお》いか。

「ああ、すごくいやらしいね。おしりがまる見えじゃないか」

「いやぁ」

辱《はずかし》めの言葉に繭美が嘆《なげ》く。あるいは舐められることをためらったのは、セクシーなインナーを見られたくなかったからかもしれない。

「繭美ちゃんはこういうエッチな下着も好きなの？」

「そ、そうじゃなくって、忙しくてお洗濯ができなかったから、そういうのしかなかったんですよぉ」

ほとんど説得力のない言い訳だ。いくら忙しくてもシャワーや入浴ぐらいはするはずだし、パンティならそのときに洗えばいいのだから。

「本当に？　まあ、似合ってるからいいけど。でも、患者さんに見られたら大変だね」

「そんなところ、絶対に見せませんっ」

ムキになって答えるのがいじらしい。

「そうだね。血圧の高い患者さんだったら、大変なことになっちゃうよ」

「うう……か、和良さんの意地悪」

「だけど、本当に素敵なおしりだね」

ふっくらした丸みに、和良は頬ずりした。お肉の柔らかさとナイロンの肌ざわりが官能的で、もっと密着したくなる。

「やだ、エッチぃ」

繭美がたわわな丸みをくねらせる。どっちがエッチだよと心の中で反論しつつ、和良はTバックの細身が埋まった割れ目に鼻面《はなづら》をめり込ませた。

「あ、あ、ダメぇ」

甲高い悲鳴とほぼ同時に、尻の谷がキュッとすぼまる。

(ああ、これが――)

ナースの臀裂にこもる蒸れた汗の匂いを、和良は深々と吸い込んだ。前回嗅《か》いだ秘部の匂いほどストレートないやらしさはなかったものの、日常的なエロティシズムがひそんでいるように感じられた。

「いやいや、そんなところ嗅がないでぇ」

鼻息が荒くなったのを感じるのだろう。繭美は尻の筋肉を強く閉じ、鼻頭を挟み込んだ。もちろん、その程度の抵抗で探索を諦めるはずがない。

(桜井さんには何もできなかったのに――)

打って変わってここまで大胆になれるのは、相手が年下だからではあるまい。香澄美に対しては強い想いがあるからこそ、行動に移すことを躊躇《ちゅうちょ》するのだ。

（つまり、繭美ちゃんのことは何とも思っていないから、平気で辱めることができるってことなのか？）

それも残酷な話である。しかし、そればかりが理由とも言えない。やはり彼女から誘ってきたことで、こちらも欲望のままに振る舞えるのだ。

あくまでもお返しなのだと自らに言い訳し、尻割れに鼻面を深くめり込ませる。と、親しみのある秘めやかな香ばしさがかすかに嗅ぎ取れ、胸が高鳴った。

（え、これは……）

トイレで大きいほうの用を足した痕跡《こんせき》なのか、それとも腸内のガスが漏れた名残なのか。どちらにせよ、女性にとっては決して知られたくない臭気に違いない。

同性のものなら嫌悪しか覚えないが、若くてしかもチャーミングな看護師さんの秘臭は、牡の劣情を著しく高める。和良は浅ましくクンクンと嗅ぎ回った。香り成分が吸い込まれて薄まるほどに。

「あ、そ、そこはダメぇッ！」

何の匂いを嗅がれているのかわかったのであろう。繭美は焦りをあらわに尻を振り立てた。和良を撥《は》ね飛ばさんばかりの勢いで。

（ひょっとして、トイレに行ったばかりなのかな？）

だからこんなに抵抗するのかもしれない。

和良は彼女のヒップをしっかり抱え込んだ。それでもおとなしくならなかったから、えい、ままよと薄物のゴムに指を引っかけ、果物の皮みたいに剝《む》きおろす。Tバックの細身も臀裂からはずれ、輝かんばかりの桃尻があらわになった。

「いやぁ」

不思議なもので、繭美は脱がされるとおとなしくなった。小さな嗚咽《おえつ》こそ洩らしていたが、豊かな丸みをプルプルと震わせるだけになる。まるで、すっかり観念したかのように。

（これが繭美ちゃんの――）

ナースの神秘を目の当たりにし、和良はナマ唾《つば》を呑んだ。

短めの縮れ毛が、お餅《もち》を縦に重ねたみたいな女丘を疎《まば》らに覆《おお》う。一度剃《そ》ったものがようやく生えてきたかのような眺めであるが、おそらくもともと秘毛が薄いのだろう。

ぷっくり盛りあがった丘を二分するスリットは、フード状の陰核包皮をわずかにはみ出させただけのすっきりした形状である。肌には色素の沈着もあまり見られず、全体に幼くて清楚な眺めであった。それこそ、幼かったあの日から、発毛以外はほとんど変わっていないのではないかと思えるぐらいに。もちろん、少女だった繭美の下着を脱がせたことは、一度もなかったのだが。

ただ、幼い割れ目とは裏腹に、むわむわと熱気のごとく漂ってくる女陰臭は、牡の欲望を煽《あお》るのに充分すぎるほど淫らである。

発酵した乳製品を思わせるそれは、チーズよりはヨーグルトに近い。鼻奥にツンとくるものがある。トイレに行ったあとのようだから、ノスタルジックな磯《いそ》くささも感じられた。

白いパンストと一緒に膝までおろされたTバックのクロッチを確認すれば、黒い裏地には糊《のり》の乾いたような痕《あと》の他、新鮮な白っぽい愛液もべっとりと付着していた。おしりの匂いを嗅がれながら、あるいは昂奮したのだろうか。

（こんなに汚してるなんて……）

もっとも、それらすべてが性的なものであるとは断言できない。ついさっきまで仕事をしていたのであり、生理的な分泌物もあって然るべきだ。

それに、酸っぱい匂いのモトは、忙しさの証したる汗の成分ではないのか。実際、深い尻ミゾ内には、汗のきらめきが見て取れた。顔を寄せれば、蒸れて濃厚になった薫味が鼻腟を悩ましくさせる。

谷の底には、キュッと引き結んだアヌスがあった。淡い褐色で、放射状のシワが綺麗に整ったかたちは、拗《す》ねて尖《とが》らせた唇のよう。汚れの付着は見当たらないから、さっき嗅いだ匂いはTバックの細身のほうに染み込んでいたものらしい。

可憐な眺めに胸がときめく。付き合っていた恋人——奈美のおしりの穴だって、こんなふうにまじまじと観察したことはなかった。

和良はクンニリングスをするつもりでいた。ところが、愛らしい秘肛を目の当たりにしたことで、そちらに関心が向く。さっき嗅いだ秘めやかな匂いを思い出し、ますますたまらなくなった。

気がつけば、再び尻の谷に鼻面を埋め、愛らしいツボミをチロチロと舐めくすぐっていた。

「ひッ——」

繭美が息を吸い込むような声をあげ、ぷりっとした臀部を強ばらせる。舌の洗礼を浴びるアヌスが、キュッキュッと忙しく収縮した。

「い——イヤッ。そこはダメですぅ」

泣きそうな声とともに、若尻がくねった。

秘部を舐められる覚悟はできていたはずである。しかし、おしりの穴まで舐められるとは予想していなかったのだろう。と言うより、仮に予想できていたのなら、もっと必死で拒《こば》んだに違いない。

「いやあ、そ、そこ、汚れてるんですよぉ」

涙声の訴えも、和良の耳を通り過ぎるだけであった。なぜなら、実際に用を足した後であっても、少しも汚れていると感じなかったからだ。ほんのり甘苦い風味も好ましく、夢中で舌を躍らせてしまう。

そうやって執拗《しつよう》にねぶられることで、抵抗が弱まってくる。アヌスはいく度もすぼまってあらわな反応を示していたが、彼女自身は切なげに息をはずませるだけになった。

シワにもぐり込んでいた味も匂いもなくなってから口をはずす。繭美はフェンスの金網にしがみつき、息も絶え絶えというふうであった。

「はあ……はふ――」

たわわなヒップを揺らし、深い呼吸を繰り返す。金網もギシギシと音を立てた。

和良は気がつかなかったが、彼女は髪も振り乱していたらしい。頭の真ん中にきちんと載っていたナースキャップが傾いていた。

唾液で濡れ光るすぼまりが、生々しさを際立たせる。そこから真下の恥割れに視線を移した和良は驚愕した。

（うわ、こんなに）

そこは縦割れの狭間に半透明の蜜がたっぷりと溜まり、表面張力の限界を超えて今にも滴《したた》りそうになっていたのだ。

アヌスから流れた唾液も、多少は含まれているのかもしれない。だが、大半は若いナースの愛液だ。落ちそうでなかなか落ちない粘性からも、それは明らかである。女の匂いもいっそう濃厚に、淫らがましくなっていた。

「ふう」

大きく息をついた繭美が、女陰をキュッとすぼめる。それでとうとう淫らな恥蜜は、糸を引いて滴った。

「あ——」

貴重な蜜を無駄にしてはならない。和良は反射的に恥唇に口をつけ、滴ったぶんも含めてじゅるッと勢いよくすすった。

「ひやぁあああッ！」

冷水を浴びせられたみたいな悲鳴をあげ、繭美が女らしい腰をビクンとわななかせる。

続いて男の舌が淫裂内をねぶりだしたものだから、またも羞恥に身をよじった。

「いやぁ、も、許してぇ」

まん丸ヒップが上下にはずみ、女芯もせわしなく収縮する。だが、アナル舐めほどには抵抗がなかったようで、間もなく悦びの反応を示しだした。

「あ、あ、はふン」

鼻にかかった甘い声を洩らし、若尻をくねらせる。陰核包皮を剝きおろし、ピンク色の真珠を舌で直に転がせば、いっそう顕著に艶《つや》めいた声をあげた。

「ああ、あ、そこぉ」

やはりお気に入りの場所だったようで、よがり声が甲高くなる。もっちりした尻肉も感電したみたいにわななき、深い谷を閉じたり開いたりした。

包皮に隠れていたせいか、クリトリスは最初、わずかにしょっぱかった。けれど、舐められるうちに味がなくなり、ふくらんで存在感を示すようになる。

それにより、さらに快感が増してきたのだろう。

「あふッ、ふっ、くうううう、か、感じすぎるのぉ」

尻をまる出しにしてのけ反った繭美が、声を詰まらせ気味に悦びを訴える。摑んだ金網をガシャガシャと鳴らし、これでは誰かが屋上にやってきたら、淫らな行為に耽《ふけ》っていることがたちどころにバレてしまう。

しかし、ここまで高まっているのに、クンニリングスをやめるのは可哀相《かわいそう》だ。早く絶頂させてあげようと、和良は律動のスピードを上げた。

ぴちぴちぴちぴち……。

舌先で秘核をはじき続ければ、臀部から内腿にかけての柔肉が痙攣《けいれん》を著しくする。

「ダメダメ、そ、そんなにしたら——いやあぁ、い、イッちゃううぅ」

いよいよ達しそうなのだとわかり、舌の根が痛くなるのもかまわずクリ舐めに没頭する。痙攣が女体全体に広がり、やがて積み重ねられた歓喜がマックスを迎えた。

「あ、いや……あああぁ、イクイクイク、イッちゃうのぉおおおッ！」

秘芯をねぶられたナースが、はしたなく悶《もだ》えて絶頂する。下半身をぎゅんと強ばらせ、オルガスムスに長々とひたってから脱力した。

「——くはッ、はっ、はあぁ……」

大きく息をついてから、繭美は膝を折った。金網に手をかけたまま、万歳《ばんざい》の格好で坐り込む。

その姿は、拷問《ごうもん》で鞭《むち》打たれる殉教者のようでもあった。

5

「お、おしりの穴まで舐めるなんて……和良さんがこんなにヘンタイさんだったなんて知りませんでした」

愉悦の波が去ってようやく落ち着いてから、繭美が涙目でなじる。まだ頬に赤みが残っており、やけに色っぽい。白衣の裾を乱して艶腰をあらわにし、膝に下穿きを引っかけた乱れた姿のせいもあったろう。

「ごめん……繭美ちゃんのおしりの穴が、すごく可愛《かわい》かったから」

謝ると、彼女は心底あきれたという顔を見せた。

「可愛いって——」

理解し難《がた》いふうにかぶりを振る。排泄器官を褒められても、素直に喜べまい。

「わたし、トイレに行ったばかりだったんですよ。そりゃ、ちゃんと拭いたつもりですけど、完全には汚れが取れないんですから。病気になっても知りませんからね」

いかにも看護師らしい注意を聞かされ、ほほ笑ましく感じる。もっとも、繭美は照れ隠しからそんなことを言ったようだが。

憤慨《ふんがい》をあらわにしつつも、年上の男の股間に視線を向ける。シンボルが隆々《りゅうりゅう》といきり立ったままなのを発見すると、すぐさま握った。

「くぅ」

和良が呻くと、嬉々《きき》としてしごく。彼女の目は、あやしい輝きを取り戻していた。

「こんなになってるくせに、わたしのおしりなんか舐めてる場合じゃないでしょ」

それはあまり関係ないと思ったけれど、高まる快感に何も言えなくなる。

「うう、繭美ちゃん……」

「和良さんを癒やしてあげるために始めたのに、わたしがイカされるなんてあべこべじゃないですか。ほら、早くしましょ」

「え?」

繭美はペニスから手をはずすと、膝に絡まっていたパンストとTバックを片脚だけ脱いだ。白衣を腰までめくりあげて下半身をまる出しに、再びフェンスに摑まってヒップを突き出す。

「い、挿《い》れてください」

口早に要請した彼女は、耳たぶが真っ赤になっている。恥ずかしさを誤魔化すために急

「ホントにもう……」

かしているのだ。

もちろん、何をどこに挿れるのかなんて、いちいち確認するまでもない。

（いいのか、本当に――）

交わる前から、狼藉《ろうぜき》のあとのごとく着衣を乱したナース。たわわなヒップを差し出して牡を誘う姿は、目眩《めまい》を起こしそうにいやらしい。

股間の屹立《きつりつ》がしゃくり上げるように脈打つ。繭美を征服したいという欲望が、胸底から勢いよく湧《わ》きあがっていた。

にもかかわらず、行動に移すことをためらったのは、そこまでしてもいいのかという思いを消せなかったからだ。互いの性器をしゃぶりあい、絶頂まで導いておきながら。

なぜなのかはわかっている。昨晩、目の前にいる彼女の兄と飲んだことを、ふいに思い出したからだ。

彼――浩司は、妹に彼氏がいないことを嘆き、さっさと嫁に行けばいいのにとボヤいた。自分も独身であるにもかかわらず。

そのことを突っ込まれると、浩司は『おれはいいんだよ』とうそぶいた。

『おれは男だから、焦る必要はないさ。だけど、あいつはいちおう女だからな。仕事にばかり時間を取られてたら、婚期なんてあっという間に逃しちゃうんだよ。あとになって後悔したって遅いんだからさ』

言葉遣いは乱暴でも、そこには妹を心配する兄の気持ちが表れていた。昔はつきまとわれて邪険《じゃけん》にしていたが、あれも実は照れくさかったからかもしれない。

もしも彼が妹のこんな姿を目にしたら、おそらく怒りで我を忘れるのではないか。いくら相手の男が友人でも、いや、友人だからこそ、裏切られたという思いから殴りかかってくるに違いない。

そんなことを考えると、とても交われなかった。

と、繭美が尻を突き出した姿勢のまま、顔だけを後ろに向ける。

「どうしたんですか？」

怪訝な面持ちで、眉間にシワをこしらえていた。

「いや……こういうのは、やっぱりよくないよ」

「え、どうしてですか？」

「だって、おれは繭美ちゃんのお兄さんの友達なんだぜ」

その返答で、和良が躊躇するわけを理解したらしい。だが、納得はしなかった。

「そんなの関係ないじゃないですか。お兄ちゃんはお兄ちゃんだし、わたしはわたしなんですから」

「それはそうだけど、でも……」

言い淀《よど》む和良を、繭美がキッと怒りの眼差しで睨んだ。

「和良さん、ひどいです」

「え？」

「和良さんはそれでいいのかもしれませんけど、わたしはどうなるんですか？」

「どうなるって――」

「あ、あんなエッチなことまでしておいて、途中でやめちゃうなんて……和良さんがしたくなくても、わ、わたしは最後までしたいんです。和良さんのおっきいのを、挿れて欲しいんです」

淫らなおねだりに、全身がカッと熱くなる。見れば、いやらしく左右に振られる艶尻の中心は、ほころびかけた女芯に白く濁った蜜が溜まって、今にも滴りそうだった。

（こんなに――!?）

牝《メス》の情念を目の当たりにして、息苦しさすら覚える。そこからなまめかしい甘酸っぱさが漂ってくるのもわかった。

「お兄ちゃんのことなんか忘れて、今はわたしだけを見てください。顔を見るとお兄ちゃんを思い出すのなら、お、おまんこだけ見てくれればいいですから」

頬を真っ赤に染めたナースが発した卑猥な四文字が、牡の情欲を燃えあがらせる。

「……わかった」

嚙みしめるように応えると、繭美が嬉しそうに口許をほころばせる。目が潤んでおり、本当にしたかったのだとわかった。

(繭美ちゃんは自分の気持ちを正直に言ってくれたんだ。だったらおれも——)

彼女と繫がりたいという思いを胸に満たし、和良は前に進んだ。張りきった分身を前に傾け、たっぷり濡れた恥割れにあてがう。

ところが、今度は繭美が「あ、待って」と声をあげ、身を翻《ひるがえ》した。

(え、なんで?)

せっかくその気になったのに、やはり彼女も罪悪感にかられたのだろうか。

しかし、そうではなかった。すまなそうに告げられたことは、女性にとっては切実な事柄であった。

「ごめんなさい。今日はちょっと危ない日なんです。だから、これを着けてもらってもいいですか?」

そう言って白衣のポケットから取り出したものは、正方形の小さな包み——コンドームであった。

安全のために避妊具を装着することに異論はない。何も着けないほうが気持ちいいが、どうしてもナマでしたいと主張するほど和良は身勝手ではなかった。

ただ、疑問なのは、なぜ彼女がそんなものを持参しているのかということだ。

「……いつも持ってるの、それ？」

つい質問してしまうと、繭美がきょとんとする。そして、悪びれることなく、

「ええ。患者さんに使いますから」

と答えた。

ＩＣＵの控え室でフェラチオをされたとき、患者さんにもしてあげるのかとつい口をすべらせたら、彼女は本気で怒っていた。だが、単におしゃぶりをしないだけで、やはり性的なサービスをしているというのか。

「使うって、それじゃ——」

和良の疑念を察したのか、繭美は「ああ、そんなんじゃないですよ」と弁明した。

「べつに患者さんとエッチなんてしませんから。ただ、中にはご自分で処理できない方がいて、それが治療や入院生活に支障を来す場合があるんです。そのときには仕方ないから、わたしたちが処理するんです。ただ、そういうことって、一ヶ月に一回あれば多いほうなんですけど」

「へえ……」

「それに、ちゃんとコンドームを被せて、手にはラテックスの手袋もするんです。ホントに事務的な作業なんです。あと、これって他の治療でも使えるから、けっこう重宝するんですよ」

他の治療といっても、和良には性処理以外にさっぱり思い浮かばなかった。ただ、詳しく訊けるような状況でもないので、確認することは諦める。

「じゃ、わたしが着けてあげますね」

前に跪《ひざまず》いたナースは、すぐに包みを破くことなく牡の強ばりを手にした。ピンと張り詰めるまで包皮を押し下げてから、亀頭を口に含む。

チュパッ――。

軽やかな舌鼓をたててから、舌を回して粘膜をねぶった。

「うああ」

思わず膝を震わせるほどの快美が全身に広がる。だが、繭美は長く続けることなく、鈴割れに滲む粘液を吸い取ると口をはずした。

「うふ、元気」

唾液に濡れたペニスに淫蕩《いんとう》な眼差しを向け、ゴム製品の包装を破る。中から出したピンク色の避妊具を亀頭にのせると、慎重にほどいた。

（そんなに慣れてるわけじゃないんだな……）

どことなく覚束ない手つきに安堵する。本人が言ったとおり、しょっちゅうこれを使っているわけではなさそうだ。

陰毛を挟み込まないよう丁寧に作業を進め、根元近くまで薄ゴムをほどいてから、彼女は小さなため息をついた。

「……なんか、こっちのほうがエッチな感じ」

コンドームを装着した牡器官を見つめ、そっとつぶやく。たしかにピンク色のゴムに包まれたそれは、やけに生々しく映った。セックスをする態勢をあからさまにした姿だからだろう。

「じゃ、しましょうね」

いそいそと立ちあがった繭美が、再びヒップを差し出すポーズをとる。和良は真後ろに進んだ。

と、さっきよりも楽に行為に及べそうだったものだから、首をかしげる。浩司に対してすまないという気持ちも薄らいでいた。

（……あ、コンドームを着けたからかな）

一ミリもない薄い膜でも、彼女とのあいだに隔たりができることで、罪悪感がいくらか解消されたようである。おかげで、精液溜まりがぺしゃんこになった尖端を、ためらうことなく濡れ割れにめり込ませることができた。

（ああ、熱い）

ゴム越しでも、女陰の火照《ほて》りが感じられる。恥液をまぶすように亀頭でスリットをこすると、藺美が腰をくねらせた。

「ああん」

悩ましげな艶声は、早く挿れてと訴えているかのよう。和良は入るべき孔《あな》を捉《とら》えると、右手で分身の根元を握り、左手をふっくらした丸みに添え、腰を前に送った。

「あ、あ、あ——」

首を反らしたナースが焦った声をあげる。ふくらみきった頭部が狭まりを押し広げ、間もなく径の太いところがぬるんと乗り越えた。

「ふはあああっ」

藺美が感に堪《た》えない喘ぎを洩らし、同時に膣口がキュッと締まる。だが、女芯はたっぷり濡れていたから、その程度でペニスの侵入を阻止《そし》することはできなかった。肉棒からはずした右手もヒップに添えて前進すれば、ゴムに包まれた部分がすべて温かな蜜窟に埋没する。

（ああ、入った）

下腹と臀部が重なったところで、尻の谷がすぼまる。内部も牡を離すまいとするかのように、キツく締まった。

「はあ……」

深い息をついた繭美は、下半身をやるせなさげに揺らしていた。牡を迎えた内部が緩やかに蠕動《ぜんどう》し、うっとりする温かさと快さを与えてくれる。

「繭美ちゃん、すごく気持ちいいよ。コンドームをしてるのに、全然気にならないもの」

声をかけると、彼女ははにかんだ横顔を見せた。

「よかった……ね、いっぱい突いて、もっと気持ちよくなってくださいね」

それは自分もよくなりたいという思いを込めた、遠慮がちなおねだりであったろう。

「わかった」

和良は腰を引き、埋没したペニスを半分ほど戻した。それから、今度は勢いをつけて女膣を抉《えぐ》る。

「きゃんッ」

子犬のような甲高い嬌声があがった。もはや悠長に責めてなどいられず、気ぜわしいピストンへと移行する。

パン、パン、タン、ぱつン――。

尻肉と下腹のぶつかりあいが、小気味よい音を響かせる。それに合わせて、繭美が声をはずませた。

「あ、あ、あん、あ、あふ」

単調な喘ぎ声でも、充分に感じているとわかる。フェンスの金網を摑む手に力が込められ、ギシギシと軋んでいたからだ。

やがて、彼女はあられもなく乱れだした。

「ああ、あ、すごい……いいい、ふ、深いのぉ」

頭を振って髪を乱し、とうとうナースキャップが落ちてしまった。それにもかまわず全身をくねらせ、「う、うッ」と歓喜の嗚咽をこぼす。

(うう、いやらしい)

逆ハート型のヒップの切れ込みに見え隠れする剛直は、ピンク色の薄ゴムに白い粘つきをべっとりとまつわりつかせていた。膣奥から溢れた愛液が、激しい抽送で泡立ったようである。

「ううう、か、感じる――ああ、か、和良さぁん」

よがるナースを容赦なく貫《つらぬ》きながら、和良も豊かな快さに漂っていた。

（あの小っちゃかった繭美ちゃんが、こんなエッチな女性になるなんて……）

幼い日の姿を浮かべても、まるっきり別人としか思えない。もちろん、自分自身も変わっているのだが。

「すごく気持ちいいよ、繭美ちゃん。最高のオマンコだよ」

興に乗って卑猥な単語を口にすれば、彼女は「イヤイヤ」と恥ずかしがった。さっきは自らそれを口にしたというのに。

（そうか……おれをその気にさせるために、勇気を振り絞ったんだな）

エッチな女性というのは当たっていない。本当は健気《けなげ》で思いやりがあって、みんなから愛される素敵な看護師さんなのだ。

そんな子とこうして深く交われるとは、なんて幸せなのだろう。

「あ、あ、イキそう」

頂上が迫っていることを繭美が告げる。一緒に昇りつめたくて、和良は夢中で腰を振った。

「ああ、ああ、イク、イクの……ホントにイッちゃうぅ」

「おれもイクよ、繭美ちゃん」

「ううう、い、イッてください。あああ、いっぱい出してぇ」

「うん、出すよ。ああ、もうたまらないよ」

「イクイク――あ、もぉダメぇッ！」

ナース服を乱した女体がガクンガクンとはずむ。たわわなヒップが丸みに窪《くぼ》みをこしらえるほど収縮し、膣も締まった。

それにより、和良も高みへと走り抜ける。

「ううう、い、いく――」

目のくらむ快美感に身をまかせ、熱情の滾《たぎ》りを勢いよく噴出する。それは行く手を薄ゴムに阻《はば》まれたものの、最高に気持ちのいい射精であった。

「すごい……ホントにいっぱい出したんですね」

半萎えのペニスからはずしたコンドームを目の前にかざし、繭美が嬉しそうに白い歯をこぼす。白濁液は精液溜まりでは収まりきらず、液面は二ミリほど上にあった。

和良はなかなかおとなしくならない呼吸を持て余し、屋上の床に坐り込んでいた。自身が放出したものを観察されるのは気恥ずかしくも、あやしい昂ぶりを覚える。

「繭美ちゃんの中が気持ちよかったからだよ」

告げると、愛らしいナースが恥ずかしそうに俯く。それでも使用済みのゴム製品をしっかり縛り、白衣のポケットから出したティッシュで包んだ。後始末もちゃんと心得ているのだ。

それから、和良のほうに向き直る。

「じゃ、こっちも綺麗にしますね」

「え、ちょっと――」

年上の男が戸惑うのもかまわず、脚のあいだに顔を伏せると、軟《やわ》らかくなった肉器官を含む。舌を絡ませ、ゴムの匂いも厭《いと》わず丁寧にしゃぶった。

「ま、繭美ちゃん――あうう」

射精後の過敏になった粘膜をねぶられ、くすぐったさの強い快感に悶絶しそうになる。

おまけに、満足を遂《と》げたはずのそこは、再び血流を集め出したのだ。

「も、もういいからさ。やめてくれよ」

息も絶え絶えにお願いすると、ようやく唇がはずされる。だが、ペニスは再び凜然《りんぜん》となっていた。

「すごい……元気なんですね」

自らの舌技が牡を奮い立たせた自覚がないのか、繭美は目を丸くして屹立に見入った。

血管を浮かせて濡れ光る筒肉に指を回し、硬さを確認してふうと息をつく。

「……これ、もう一回出さないとダメですか？　コンドームは一個しかないから、あとは手かお口でするしかないんですけど」

「いや、そこまでしなくてもだいじょうぶだよ」

和良は分身を彼女の手から奪い返すと、急いでブリーフを穿いた。

もう一度という気持ちがなかったわけではない。だが、二度目が遂げられてもまた後始末の奉仕をされ、三度《みたび》勃起する可能性がある。キリがないと思ったのだ。

だいたい、彼女は休憩中なのである。そんなことをしたらお弁当を食べる時間がなくなってしまう。

「そうですか……」

繭美は残念そうな顔を見せながらも、身繕《みづくろ》いをした。ティッシュで丁寧に秘部を拭い、手を深く差し入れておしりのほうも拭いたようである。

それをじっと見ていたら、視線に気がついた彼女に叱られてしまった。

「も、もう、なに見てるんですかッ！」

和良は慌てて顔を背けた。ちょっぴり残念だなと思いながらも。

「いいですよ」

声をかけられて振り返れば、そこにはきちんとした身だしなみのナースがいた。キャップも定位置にきちんと載っかり、余裕の微笑さえ浮かべている。ついさっき、おしりをまる出しにして悶えていたのが嘘のようだ。

（本当に、立派な看護師さんなんだな……）

そのとき、和良はあのことを彼女に訊けばいいのだと思い当たった。

「ねえ、藹美ちゃん。生田さんは、なんの病気で入院してるの？」

「え？」

「いや、奥さんに訊いたんだけど、教えてくれなかったんだ。それで、ちょっと心配になってさ」

「んー」

藹美は困った顔で首をかしげた。

「患者さんの情報は、身内の方以外には教えられないんですよね。まして、病状に関わることだと、それこそ奥様とかお子様とか、限られた方のみになりますから。こればっかりは、いくら和良さんの頼みでも無理なんです」

もっともな意見であり、受け入れるしかない。

「そうだね……ごめん、変なこと訊いちゃって」

「いいえ、いいんです。和良さんが心配されてるのはわかりますから。ただ、さすがにご本人も知らないことを他のひとに――」

言いかけて、繭美は焦りをあらわに口をつぐんだ。

(え、本人も知らないって?)

それはつまり、命に関わる病ということになる。そのことを知っているのは香澄美だけで、だからあんなに沈んでいたというのか。

口をすべらせたことを後悔し、泣きそうになっている繭美を、和良は抱きしめた。

「ごめん。おれが変な質問をしたばっかりに、繭美ちゃんを困らせちゃって。だいじょうぶ。このことは絶対に誰にも言わないから」

背中を撫でて告げると、彼女が鼻をすすってうなずく。「……ごめんなさい」と、誰に向けたともわからぬ謝罪を口にした。

悔やんでいるのは和良も同じだった。繭美にしゃべらせたこともそうだが、俊秋と口論したことが今になって重くのしかかってくる。

(何をやってたんだ、おれは……病人を責めるなんて)

そして、脳裏に香澄美の顔が浮かぶなり、胸がきりきりと痛んだ。

第四章　保母の甘い香り

1

　悩んだ挙げ句、和良はもう一度香澄美を訪ねることにした。彼女が抱えている不安や悩みを少しでも和《やわ》らげ、できれば元気づけてあげたかった。

（もしかしたら、おれの持っている情報が役に立つかもしれないし）

　仕事柄、医療関係のことなら最新の情報を手に入れることができる。彼女もそういうものを求めているに違いない。

　そのためには、夫の病状を知る必要があった。

　繭美が口をすべらせたことは、もちろん伏せておかねばなるまい。自分の仕事のことを説明し、最新医療の情報も入るから、何か知りたいことがあったら教えるよと言えば、香澄美も頼ってくれるのではないか。

　下心があってそんなことを考えたのではない。彼女の夫――俊秋に対する罪悪感もあったし、とにかく香澄美に元気になってもらいたかった。

俊秋はたしかに不愉快な男であったが、さすがに命に関わる病であることをいい気味だとは思わない。ただ、本人よりも香澄美に同情してしまうのは、惚《ほ》れた弱みか。

(旦那さんにもしものことがあったとしても、桜井さんは嫁として、生田家に住み続けることになるんじゃないのかな)

結婚は夫婦間だけのものではない。家を重視する田舎《いなか》にはありがちなことだが、嫁という字が示すとおりに、その家の女なのだ。

そんな状況に香澄美を置きたくないという思いもあった。夫がいなくなっても家事をして、舅《しゅうと》や姑《しゅうとめ》の面倒を見させられる。それではただの召使いだ。

そうならないよう、俊秋には妻を支えてもらわねばならない。著《いちじる》しく不本意ではあるけれど。

ただ、会うと決めたのはそれでよしとしても、どの場所でということを考慮しなければならなかった。

また病院に行けば、たとえ病室を訪ねなくても、俊秋と顔を合わせる可能性がある。あんなことのあとでも懲《こ》りずに来たのは、やはり妻に用があるのではないかと勘繰《かんぐ》られる恐れがあった。

また、繭美に声をかけられるのも気まずい。セックスまでしておいて避けるのは、身勝手すぎるとたしかに思う。だが、あとから考えて彼女がからだを許したのは、やはり香澄美に対抗する気持ちからであるとわかったのだ。

あの直前、繭美は香澄美と会っている。和良が抱きしめたあとだから、おそらく様子も普通ではなかっただろう。

そんな人妻を目撃して、繭美も思うところがあったのではないか。たとえば、初恋の男を人妻なんかに奪われたくないとか。だからあそこまで大胆になれたに違いないというのは、決して考えすぎではないはず。

また病院で繭美と会えば、和良が香澄美に付きまとっていると誤解して、さらなる誘惑を仕掛けてくる可能性がある。それは彼女にとってもいいことではない。

そうなると、病院に行くことはできなかった。かと言って、生田の家を訪問するのはもっとまずい。夫の留守中に他の男が訪ねてきたということになれば、あとで香澄美が咎《とが》められるのは想像に難《かた》くなかった。

どちらも駄目となれば、残る場所はただひとつ、彼女が勤める保育園だ。

そこも大っぴらに会いに行けば、香澄美に迷惑がかかるだろう。何しろ狭い地域だから、あることないこと生田家に伝わる恐れがある。外から様子を窺《うかが》い、できれば出てくるところをキャッチしたい。

名前は聞いていなかったけれど、病院の近くということで、保育園はすぐに見つかった。我ながらストーカーみたいだなと苦笑しつつ、門のところから中を見やれば、やけにしんと静まり返っていた。

(お昼寝の時間なのかな……?)

だが、すでに時刻は午後三時近い。そろそろおやつの時間ではないだろうか。

平日だから休みではあるまい。門のところには高さ一メートルほどの移動式鉄柵があり、それは半分だけ開いていた。

思い切って中に入ってみようか。迷いつつ、門から十メートルほど離れている園舎に誰かいないかと目を凝らせば、不意に玄関から誰かが出てきた。

ジャージにエプロン姿は、おそらく保母さんだろう。だが、香澄美ではない。もっと若くて、二十歳《はたち》そこそこぐらいに見えるあどけない顔立ちだ。まだ保育士になりたてではないのか。

「あ――」

彼女がこちらを見て声をあげたのがわかった。ドキッとしたものの、香澄美のことを訊いてみようかと一歩前に出かけたとき、若い保母がこちらに突進してきたのである。

（え⁉）

突然のことに仰天《ぎょうてん》し、和良は立ちすくんだ。目の前ですっ転んだものだからまたびっくりさせられる。

「ちょっと、あなた誰──」

怒りの面持《おもも》ちで詰め寄ってきた彼女が、

「……いったーいッ！」

子供みたいな悲鳴をあげるなり、若い保母がグスグスと泣き出す。和良は戸惑《とまど》いながらも助け起こし、ベソをかく彼女を園舎の中に連れていった。入ってすぐのところに医務室があったのを幸いと、そこで手当てをする。

今は医療機器の営業をしているが、その前には医薬品や医療器具、雑貨も扱ったことがあった。使うことにも慣れており、傷の手当てぐらいは朝飯前だ。

小さな穴が空いたジャージズボンをたくし上げれば、彼女は膝《ひざ》を擦《す》り剝《む》いていた。手のひらにも血が滲《にじ》んでいる。痛そうではあったが、大人が泣くほどのものではない。

傷口を消毒し、ガーゼを当ててテープで留める。顎《あご》にも小さな傷があったが、そちらは消毒だけで充分のようだ。

（この子、普段からしょっちゅう転んでるんだろうな）

膝に乾いたかさぶたや、古い傷の痕《あと》を見つけて確信する。さっきも、特に何もないところで躓《つまず》いたのだ。かなりの慌《あわ》て者ではないのか。

てきぱきと対処する和良に、若い保母は驚いた様子だった。涙も引っ込んだようで、目を丸くして作業を見守る。

「はい、終わったよ」

「あ、ありがとうございます」

恐縮したふうに頭を下げた彼女は、西島朝江《にしじまあさえ》と名乗った。予想したとおり、今年採用されたばかりの新米保母だという。年齢は訊かなかったけれど、おそらく二十歳か二十一だろう。

顔立ちがあどけなく見えるのは、頬《ほお》がふっくらしているからだ。からだつきも太ってこそいないが、健康的にムチッとしていそうである。後ろで束ねただけの黒髪が、垢抜けない印象を与えていた。

和良も名乗り、地元の出身でここに勤める生田香澄美の同級生であることと、彼女に会いに来た旨《むね》を告げる。朝江は「そうだったんですか」とすぐに納得した。

「わたし、てっきり怪しいひとかと思って、つい突進しちゃったんです。そうしたら、あんな無様なことになってしまって……」

「んー、そんな怪しい人間に見えたのかなあ」

冗談めかして言うと、新米保母は「あ、ごめんなさい」と頭を下げた。

「遠目でよくわからなかったんです。でも、ちゃんと顔を見て、それに手当てもしてもらったから、悪いひとじゃないってわかりました」

実に素直な判断基準である。ただ、先程の彼女の行動は、子供たちをあずかる立場としては至極真っ当であった。何しろ、見ず知らずの人物が園の中を覗《のぞ》いていたのだから。不審人物だと怪しんで当然である。

まあ、結果的に、みっともないところを見せる羽目になったけれど。

「誰もいないみたいだけど、今日は保育園はお休みなのかな？」

「いえ、市内の園児たちの交流会があって、みんな市の公会堂に行ってるんです。わたしはお留守番をするようにって、連れていってもらえなかったんですけど」

答えてから、朝江はやり切れなさそうにため息をついた。

「やっぱりいつも失敗ばかりしてるから、園児に何かあったらいけないって、置いていかれちゃったのかなあ……」

何と言ってあげればいいのかわからなかったから、和良はそのつぶやきが聞こえなかったフリをした。

「じゃあ、みんなここには戻ってこないのかな？」

「いえ、四時過ぎには戻るはずです。ただ、生田さんは公会堂からご自宅に直帰されると思いますけど」

「え、どうして？」

「生田さんは非常勤で、勤務時間は午後四時までって決まってるんです。それに、バスで園に戻るだけですから、人手もいらないでしょうし」

「そっか……」

和良は落胆した。だったら明日はいるのか、朝江に確認しようかと思ったものの、なんとなくためらわれて口をつぐむ。香澄美が不在だったのは、会うべきではないと何らかの力が働いているように思えたからだ。

と、朝江が興味津々というふうに身を乗り出してきた。

「生田さんと、中学で同級生だったっておっしゃいましたよね？　どんな方だったんですか？」

「え、どんな方って――」

「わたし、しょっちゅう失敗して園長や先輩に叱《しか》られてるんですけど、生田さんはいつも優しくて、フォローしてくれたり、慰《なぐさ》めてくれるんです。だから、昔からそういうひとだったのかなと思って」

人好きのするあどけない笑顔で質問され、和良は自分が褒められたわけでもないのに嬉しくなった。香澄美は同性からも愛される素敵な女性であると知ったからである。だからこそ、自分も好きになったのだ。

「うん。昔からそうだったよ。友達も多かったし、何より、笑顔が魅力的だったな。西島さんみたいに可愛《かわい》らしかったよ」

朝江を俎上《そじょう》に載せたのは、香澄美を称賛することが不意に照れくさくなったからだ。ところが、若い保母が頬を真っ赤に染めたものだからどぎまぎする。

「わ、わたしなんて、べつに……」

目を潤《うる》ませて羞恥《しゅうち》をあらわにしたものだから、和良のほうも恥ずかしくなった。エヘンと咳払いをし、

「だから、西島さんもきっといい保母さんになれるよ」

と、根拠の著しく薄いことを述べて誤魔化《ごまか》す。

「本当ですか？　でも、わたしなんて全然ダメなんですよ。すぐにパニクって失敗しちゃうし、さっきみたいにしょっちゅう転んじゃうし……やっぱり、経験がないからなんですよね」

「それはしょうがないよ。まだ新人なんだから、誰だって最初はそんなものさ」

「でも――」

何か言いかけた朝江であったが、口をつぐんでじっと見つめてくる。やけに思い詰めた眼差《まなざ》しだったものだから、和良はうろたえた。

「と、とにかく、これから経験を積めばいいんだよ。そんなに焦《あせ》ることはないんだから」

「はあ……経験――」

わかったような、わからないような顔をして首をかしげる若い娘に、和良は戸惑った。とにかく、香澄美がいないのなら、ここに長居する意味はない。

「それじゃ、おれはこれで失礼するから」

「あ……すみません。手当てまでしていただいて」

「いや、おれが門の前でウロウロしてたからいけないんだ。お互い様だよ」

朝江は玄関まで見送ってくれた。まだ痛むのか、足を少し引きずるようにして。

「でも、生田さんもお気の毒ですよね。旦那さんがあんなことになって」

彼女が何気なく口にした言葉に、和良はハッとした。

「旦那さんの病気のこと、西島さんは何か訊いてるの?」

訊《たず》ねると、朝江は「いいえ」と首を横に振った。

「ご病気で入院されているとしか」

「そう……」

園長ぐらいなら、何か聞かされているのかもしれない。だが、新人の保母にまでぺらぺらしゃべるほど、香澄美は口の軽い女性ではあるまい。訊ねるだけ無駄だった。

「じゃ、さようなら」

立ち去ろうとした和良であったが、「あの——」と朝江に呼び止められた。

「生田さんは、駒木さんの連絡先をご存知なんですか？」

「連絡先……まあ、実家の電話番号ぐらいならわかると思うけど」

「もしも携帯とかおありでしたら、わたしから駒木さんの番号を伝えておきますよ」

「そう？　だったら、お願いしようかな」

「あ、ちょっと待ってください」

そばのカウンターに置いてあったメモ用紙を、朝江が手に取る。和良が告げた携帯番号をすらすらと書きとめた。

「じゃあ、生田さんに伝えておきますね」

「ありがとう。それじゃ」

和良は玄関から外に出た。仮に番号を知ったところで、香澄美がかけてくるはずないよなど、半ば諦《あきら》めながら――。

2

ところが、午後七時過ぎに見知らぬ番号から電話がかかってきたものだから、和良はドキッとした。

(まさか、桜井さん!?)

今日は保育園に戻らず、そのまま家に帰るという話だったが、朝江がわざわざ連絡してくれたのだろうか。それとも、どうせ病院に寄るのだからと、園に戻ったのか。

どちらにせよ、望外の喜びに心臓が高鳴る。落ち着けよと自らに言い聞かせ、携帯の通話ボタンを押した。

「もしもし」

いくらか上擦った声で応対すれば、ひと呼吸置いてから戸惑い気味の声が返ってきた。

『あの……西島ですけど』

それは待ち望んでいた元同級生ではなく、保育園の新人保母であった。

「ああ、昼間はどうも」

落胆を包み隠して返答したものの、彼女の口調に穏やかでない響きを感じ、もしやと不安にかられる。

（桜井さんから伝言でもあずかったんだろうか……）

それも、保育園にまで来ないでほしいというような、こちらの行動を咎めるものを。自分では言いづらくて、朝江に託したのではないか。

しかし、続いて告げられたことは、予想もしなかったことであった。

『突然お電話してすみません。実は、ご相談したいことがあるので、これから会っていただけませんでしょうか』

「え、これから？」

『はい……』

申し訳なさそうな声に、何かあったのかと心配になる。

（いや、やっぱり桜井さんから何か言われたのかも。それで、電話だと伝えづらいから、直接話したいんだとか）

香澄美のこととなると、和良は冷静に考えられなくなるようだ。電話よりも直接がいいなんてあり得ないのに、そう思い込んでしまった。

「わかった。どこに行けばいいのかな？」

『えと、春名《はるな》一丁目のバス停ってわかりますか?』

「うん」

『そこに来ていただけるとありがたいんですけど。あ、ひょっとして、お家から遠いですか?』

「いや、歩いていける距離だからだいじょうぶだよ」

『でしたら、三十分後ぐらいにお願いできますか?』

「いいよ。それじゃ、三十分後に」

『はい、お願いします』

電話を切り、和良はため息をついた。それから、朝江との会話を頭の中で反芻《はんすう》し、(あれ?)となる。

(彼女、相談したいことがあるって言ったよな?)

香澄美からの伝言であったなら、そんな言い方はしないだろう。仮に言葉を濁《にご》したのだとしても、お話があるとかになるはずだ。

それに、喫茶店かどこかで話をするのかと思ったが、よくよく考えれば指定されたバス停は住宅地にある。近くにそういう店はなかったはずだ。それとも、新しくできたのだろうか。

合点がいかぬまま、和良は支度をして外出した。

バス停に着くと、二分と待たずに朝江が現われた。エプロンこそ着けていないが、保育園で見たのと同じジャージ姿である。

「すみません。夜分にお呼び立てして」

「いや、べつにかまわないけど。それで、相談っていうのは？」

「あの、立ち話も何ですから、こちらへお願いします」

朝江に先導され、夜の道を歩く。日は暮れていても外灯が照らしているから、わりあいに明るい。それこそ、前を歩く若い娘のジャージヒップに、下着のラインが浮いているのがわかるぐらいに。

（どこへ行くんだろう……）

ぷりぷりとはずむ健康的な丸みをぼんやり眺めながら、和良は考えた。行く手を見ても店などはなく、二百メートルほど歩いて到着したのは、二階建ての新築らしきアパートであった。

「ここです」

「え、ここ？」

「はい」

朝江は一階の端にある部屋の鍵を開けた。特にネームプレートなどなかったが、彼女の部屋なのは疑いようもない。

「さ、どうぞ」

招き入れられ、和良は戸惑いつつも中に入った。

キッチンの奥に八畳一間という簡素な造りは、いかにも独《ひと》り身用である。東京で和良が住むマンションも似たようなものだ。

奥の部屋はベッドにドレッサーに本棚、それからテレビなどの家電が、広くない空間を最大限に利用して置かれていた。造り付けのクローゼットらしき扉もあった。

客を招くために片づけたのか、それとも普段からきちんとしているのか、整理整頓が行き届いている。そして、室内にはほのかに乳くさい香りが満ちていた。

「えと、こちらに坐《すわ》っていただけますか?」

掛布団を剝《は》いだベッドを勧められ、和良はいいのかなと思いつつ腰をおろした。すると、シーツに染み込んでいたものがたち昇ったのか、甘い香りがいっそう強まって悩ましさを覚える。

(これが西島さんの素の匂いなのかな……)

そんなことを考えたとき、すぐ横に朝江が坐った。彼女からも同じ匂いがしてドキッとする。

保育園で近くにいたときは、特に気に留めなかった。おそらく、ひとり住まいの部屋に入ったことで、意識してしまったのだろう。

気まずくなり、和良は視線を本棚に向けた。半分ぐらいのスペースを保育や幼児教育に関する書物が占めており、なかなか勉強家のようである。失敗ばかりしていると気に病んでいたが、これなら経験さえ積めば、いい保育士になれるのではないか。

朝江がなかなか話を切り出さないものだから、和良は次第に追い詰められた気分になった。ここはこちらから口火を切るしかないと、とりあえず訊ねる。

「桜井——生田さんのことじゃないんだよね？」

「え？」

朝江はきょとんとしたものの、すぐに思い出したらしい。

「ああ……携帯番号なら、明日会ったときに伝えるつもりですけど」

「うん、お願いするよ」

やはり香澄美のことではなかったのだ。つまり、彼女自身の悩みであるらしい。また、今の取ってつけたような素振りからして、最初から自分が連絡を取るために、和良の携帯番号を聞き出したらしい。

(だけど、保育園の仕事に関することなら、おれなんかじゃなくて園の先輩に相談すればいいのに)

特に子供に関することなど、独り身だから訊かれても答えられない。

適役ではないことをどう朝江に伝えればいいのか。いや、そもそもどんな相談なのかもわからないのだ。

とりあえず用件を確認しようと口を開きかけたとき、彼女のほうがようやく本題に入ってくれた。

「こんなところまで来ていただいてすみません。わたし、駒木さんの他に頼れるひとがいないんです」

「だけど、西島さんとは今日会ったばかりだよ」

「でも、転んだわたしを助けて、手当てまでしてくださいました。それから、わたしがいい保母さんになれるって励ましてもくださいましたから」

そのとき、朝江が頰を赤く染めたのは、可愛いと言われたことを思い出したからではないのか。あれで口説かれたと誤解したわけではないのだろうが。

「だから、駒木さんなら信頼できるって、わたしは思ったんです。それに、わたしにはこんなことを頼める男性の知り合いがいませんから」

「え、男性？」

「はい。こればっかりは、男のひとじゃなくっちゃ駄目なんです」

ひょっとして、力仕事でも頼むつもりなのかと、和良は考えた。たとえば、今腰かけているベッドを動かすとか。

もっとも、そんなふうに受けとめたのは、胸に浮かんだことから目を背けるためだったのかもしれない。男でなくちゃいけないことは、他にもあるのだから。

「昼間も言いましたけど、わたし、とにかく経験がないんです。仕事のことだけじゃなくて、何もかも」

「何もかもって……」

「そのせいで、このあいだ大失敗しちゃったんです。実は、年長の男の子のほっぺを叩《たた》いてしまって」

「え、西島さんが？」

「はい」

とてもそんなことをするタイプに見えないものだから、和良は驚いた。

「でも、そういう幼児教育に関する相談なら、保育園の誰かにしたほうが」

「いいえ、そのことは園長にも叱られて、自分に何が足りないのかわかったんです。やっぱり経験なんだって」

経験がないから幼児を叩いたとはどういうことか。和良が首をかしげると、朝江が順を追って説明した。

「その子、園でおもらしをしちゃったんです。それで、わたしが着替えさせたんですけど、パンツを脱がせたら、その……お、オチンチンが大きくなってたんです」

新米保母の頰が真っ赤になる。

「え、大きくなってたって、勃起してたってこと?」

和良の問いかけに、彼女がコクリとうなずく。目を泣きそうに潤ませて。

(へえ、幼児でも勃起するのか)

自分にそんなことがあったかどうかは憶えていない。ただ、仮にペニスが膨張したとしても、それは性的な欲望とは関係のない、何らかの刺激によるものではないのか。

「オチンチンが普段の倍ぐらいになって、お腹にくっつくみたいにピンってなってて……それでわたし、すっかりパニックを起こしちゃったんです。ひょっとして、この子はこれを見せるために、わざとおもらしをしたんじゃないのかって。それで頭に血が昇って、気がついたらその子の頰をぶって、泣かしちゃったんです」

あとで先輩や園長から、幼児のそういう現象は決していやらしい意図があることではないと説明されたという。そして、保育士はどんなときも落ち着いて対処しなければならないと、厳しく叱られたそうだ。迎えに来た男児の親にも謝罪して、さんざんな一日だったとのこと。

「わたしがちゃんと対処できないのは、やっぱり経験が足りないからなんです。その……男のひととのそういうことも。だから、男の子のオチンチンが勃《た》ってただけで、パニックになっちゃったんです」

ようするにバージンだから、幼児の勃起にも対処できなかったということか。そして、次にされるであろうお願いも容易に想像がついた。

(ひょっとして、おれに初めての男になってくれっていうんじゃ――)

そんなことができるはずないと、和良は身構えた。いくらチャーミングな女の子でも、会ったばかりで肉体関係を持つことには抵抗がある。

「だから……あの――」

言い淀《よど》む朝江は耳たぶまで朱に染め、上目づかいで見つめてくる。いよいよ来るかと、断わりの返事を準備していたものの、

「駒木さんの……ペ、ペニスを見せてくださいませんか？」

3

「へ？」

予想外のお願いをされ、和良は気の抜けた返事をした。

「わたし、これまで男性とお付き合いをしたことがなくて、もちろん男性とするようなことは何ひとつ経験してません。それに、裸を見たことも……だから、今のうちにちゃんと経験して慣れておかないと、また男の子のオチンチンを見てひっぱたいちゃうかもしれないんです。またそんなことになったら、間違いなくクビになっちゃいます」

悲痛な面持ちで訴えられ、気の毒だとは思う。だからと言って、はいどうぞと性器を見せられるものではない。

ただ、初体験の相手を求められるに違いないと覚悟していたのである。それよりは受け入れやすい要請だったことで、その程度ならと気持ちが傾いたのは否《いな》めない。

「わたし、男のひとのことを勉強したいんです。でも、本とかじゃしっかり学べないと思うから、やっぱり実物がいいかなって」

「だから、おれのを見せろって？」

「はい」

朝江は《駄目ですか？》と言わんばかりの、悲しげな眼差しである。これで断わったりしたら、きっと罪悪感を覚えるに違いないと確信できるほどに。

（でもなあ……）

彼女が真剣なのはよくわかる。たしかに大人の男性器を見て慣れておけば、幼児の幼いペニスでうろたえることはなくなるだろう。

ただ、一方的に観察されるのは居たたまれない。それではほとんど標本かモルモットである。

そのとき、ふと名案が浮かんだ。

「だけど、おれだけ見せるっていうのは恥ずかしいよ。西島さんも見せてくれるのなら、考えてもいいけどさ」

この条件なら諦めるだろうと踏んだのである。ところが、朝江は考え込むように眉間《みけん》にシワを寄せ、唇《くちびる》を引き結んだ。

「……わかりました」

悲愴《ひそう》な面持ちで受諾され、和良は慌てた。

「い、いや、どこを見せるのかわかってるの⁉」

「はい、アソコですよね？」

そのものズバリの名称は、さすがに口にしなかった。だが、その代名詞が女性器を示しているのは疑いようもない。

「だけど……いいの？」

自分から交換条件を示しておきながら、つい間抜けなことを訊いてしまう。しかし、彼女はすでに決意を固めているようだ。

「はい。わたしだけ見せていただくのは公平じゃないって、わかってましたから。わたしなんかのお粗末なものでよろしければ、喜んでお見せいたします」

喜んでなどと言いながら、頬が燃えあがりそうに紅潮している。それはそうだろう。男のものを見たことがないのであれば、自身のものも男に見せたことがないのだから。

朝江は決心が挫《くじ》けないうちにと思ったか、すっくと立ちあがるなりジャージズボンに手をかけた。ひと呼吸置いてから、無造作にするりと脱ぎおろす。

それも、中のパンティごとまとめて。

（わっ！）

すぐ脇で下半身をまる出しにした若い娘に、和良は度肝を抜かれた。だが、むっちりして女らしい腰回りや太腿《ふともも》に、自然と目が向いてしまう。

（本当にバージンなのか？）

艶《つや》めかしい肉体は、充分に花開いているように見えるのだが。もっとも、すでに成人女性なのである。経験の有無はともかく、からだが大人っぽく成長していれば、色気があっても不思議はない。

彼女は頬を赤く染めたまま、ベッドにあがって身を横たえた。両手は秘部ではなく顔を隠し、気をつけの姿勢で。下半身だけ脱いだ姿は中途半端でありながら、全裸よりも男心をそそるものがあった。

ぴったり揃《そろ》えられた脚と股間がこしらえるYの字部分には、扇形に広く繁茂した恥叢がある。ナマ白い下腹とのコントラストで、逆毛立ったそれはやけに煽情《せんじょう》的だ。

（いいのか、本当に……）

戸惑いながらも、和良はコクッと唾《つば》を呑《の》んだ。気がつけばベッドの上に身を乗り出し、あらわに晒《さら》された中心を真上から覗き込んでいた。

濃い秘毛に隠されて、恥割れはまったく見えない。顔を寄せると、そこからたち昇ってくる甘い匂いが鼻腔に悩ましい。どうやらボディソープの香り成分のようである。

（おれが来る前に洗ったんだな）

つまり、ペニスと引き替えに女性器を見せることになると想定していたわけである。だから脱ぐこともためらわなかったのだ。

十歳も年下の娘に、こちらの出方を完全に見抜かれていたとは。しかも、こっちも見せるからそっちも見せろという、子供じみた屁理屈《へりくつ》を。

いくら諦めさせるために口にしたことでも恥ずかしい。それを誤魔化すために、和良は冷たい口調で命じた。

「もっと脚を開いて」

朝江は腰をピクッと震わせたものの、怖《お》ず怖ずと膝を離した。重なっていた太腿が隙間をこしらえ、角度が少しずつ大きくなる。

けれど、とりあえずは二十度ほどが限界のようだった。

長めの縮れ毛が女陰も完全に覆《おお》っている。秘められた佇《たたず》まいを確認することは著しく困難だ。

やはりバージンだから、陰毛の処理などしないのか。伸び放題という風情のそれは、会陰からアヌスのほうにまで範囲を広げていた。

「もっと開いて。膝も立ててくれるかな」

次の指令にも、処女保母は素直に従った。動作こそゆっくりではあったが、立てた膝をMの字に開き、中心部を男の前に晒す。

そこまですれば毛並みも多少は密度をバラつかせ、狭間に肉色の何かが見える。しかし、まだ観察するには充分ではないから、和良は声をかけた。

「さわってもいい？」

朝江は何も答えなかった。ただヒップをモゾつかせただけである。顔は見えないが、耳たぶが真っ赤だ。

返事がないのをイエスであると勝手に解釈して、和良は繁った秘毛をかき分けた。くすんだ色の肌が現われ、その合わせ目から大ぶりの花弁がはみ出しているのが見える。毛が濃いのも合わせて、かなりケモノっぽい眺めである。

（本当に経験がないのかな？）

そんな感想を持ったのは、つい昨日目にした繭美のそこと、無意識に比べたからであろう。人数こそ定かではないが、経験を積んで性感がよく発達していたナースの秘部のほうが、ずっと清純な佇まいであった。

もちろん、経験と秘部の形状は関係ないということぐらいわかっている。朝江にも失礼であり、そんなふうに思われたと知ったら、きっと傷つくに違いない。

だから和良は、無言で観察を続けた。

二枚の花弁はぴったり重なっていた。それを左右に開くと、淫靡《いんび》なハート型になる。中心は鮮やかなほど紅いピンク色の粘膜だ。

むわ……。

あらわになった内部から、なまめかしい甘酸っぱさが漂《ただよ》う。それまではボディソープの清らかな匂いしかしなかったのに、中までしっかり洗ってなかったのか。それとも、秘部を見られることに昂《たか》ぶり、女芯を疼《うず》かせているのか。

実際、ピンクの粘膜は見ているあいだにも潤み、いっそう濃厚なフェロモンを漂わせる。ほんの少しだけ洞窟を見せる処女地への入り口も、誘うように収縮していた。

「も、もういいでしょ?」

朝江が声を詰まらせ気味に言う。和良は胸を高鳴らせながら「もうちょっと」と答え、フード状の陰核包皮も剝きあげた。

「あふっ」

処女が喘《あえ》ぎ、内腿をビクンと震わせる。敏感な部分だけに、軽い刺激でも感じてしまったのか。

現われたのは、淡い色合いの小さな蕾。まだ花が開きそうにない、固い様相を呈している。そして、尖端部以外はうっすらと白い膜が付着していた。

(処女だから、ちゃんと洗えていないのかも)

　それが恥垢であることはすぐにわかった。独特のチーズっぽい香りもプンと漂い、悩ましさで胸がいっぱいになる。

　穢《けが》れない秘唇を目の前にしながら、激しい情動がこみ上げたのは、バージンのそこが牡を誘う淫《みだ》らな眺めだったからである。これが毛の淡い、綺麗なピンク色の割れ目であったのなら、ここまで劣情を覚えることはなかったであろう。

（うう、いやらしい）

　ボディソープの香料すら打ち消す、性器の正直な匂いにも理性を砕《くだ》かれる。気がつけば、あらわに開かれた淫唇に、和良はくちづけていた。

「え——」

　何が起こったのか、朝江はすぐにはわからなかったようである。戸惑った声を洩《も》らし、ヒップを浮かせて左右に揺らす。

　だが、恥割れ内に侵入した男の舌が、粘膜をクチュクチュと味わったことで、ようやくクンニリングスをされていると理解したようだ。もっとも、愛撫の名称まで知っていたかは定かではないが。

「いやぁッ！」

　盛大な悲鳴をあげ、若い保母が腰をはずませる。むっちりした太腿で和良の頭を力強く挟んだものの、それは柔らかな肉感で彼をうっとりさせただけである。不埒《ふらち》な舌づかいをやめさせる助けにはならなかった。

「だ、ダメぇ。見るだけって言ったのにぃ」

非難されてもおかまいなし。たしかに見せるよう促《うなが》したけれど、それだけで何もしないとは言ってないのだから。

舌に絡《から》む彼女の愛液は、汗っぽいしょっぱみが強かった。もちろんわずかな味わいであったけれど、クリトリスに付着していた恥ずかしいカスも同じ味だった。

和良は恥毛が鼻の穴をくすぐるのも厭《いと》わず、夢中で舌を躍らせた。秘核を吸いねぶると女体が波打ち、「イヤイヤ」と艶めいた声が聞こえる。

(感じてるみたいだぞ)

処女でもオナニーぐらいはしているのではないか。クリ舐《な》めの反応が顕著であることから、和良はそう推測した。

だからこそ、そこを重点的に責め続けたのだ。

「あ、あ、いやぁ……っ、強すぎるぅ」

下半身のうねりが大きくなる。だが、次第に抵抗が弱まり、慎《つつ》ましく悦《よろこ》びを訴えるようになった。

「くうう、あ、あふぅ――い、いい……」

洩れ聞こえる声が悩ましげだ。女陰も忙しくすぼまり、まるで挿《い》れてとおねだりしているかのよう。

（けっこうエッチな子なのかもしれないぞ）

男性経験がないぶん、あれこれ妄想していたのかもしれない。秘部を濡らし、自らをまさぐっていたのだとか。

（こんなに可愛いんだから、その気になれば彼氏ぐらいすぐにできると思うけど）

職場に男がいなくて、機会に恵まれていないだけなのだろう。それこそ、会ったばかりの男にペニスを見せてと頼むより他ないほどに。

クリトリスの恥垢がなくなり、漂う匂いも彼女自身のなまめかしさだけになる。陰部や鼠蹊《そけい》部が汗ばんだらしく、甘酸っぱい媚香が漂いだした。秘毛の繁り具合からして、他の部分の体毛も濃いのかもしれず、そうすると素の体臭も強いのではないか。

そんなことを考えながら女芯ねぶりを続ければ、粘つきを増した愛液に甘みが感じられるようになる。まさに女体の蜜か。それだけ高まってきたことの証しであろう。

ならばと、このまま絶頂に導くべく、クリトリスを吸いたてる。

「ああああ、そ、そこぉ」

とうとうあらわな嬌声を張りあげた朝江がヒップを浮かせた。すぐにすとんと落としたものの、その動作を何度も繰り返す。

「イヤイヤ、へ、ヘンになっちゃうぅぅう」

すすり泣き交じりの声に、いよいよだと確信する。和良はピチピチと速い舌さばきで秘核を嬲《なぶ》り続けた。

「あ、イク——」

若い腰がビクンとわななく。シーツからわずかに浮きあがったまま強《こわ》ばり、内腿が細かな痙攣《けいれん》を示した。

その状態が五秒も続いてから、朝江はがっくりと脱力した。ベッドに沈み込んで手足をのばし、胸を大きく上下させて深い呼吸を繰り返す。

「はあ……ハァ——」

からだを起こした和良は、しどけなく横たわる処女を見おろし、ふうと息をついた。あどけない面立ちの娘は瞼《まぶた》を閉じ、汗の滲んだ額に前髪を張りつかせている。それがやけに妖艶だった。

（……おれ、西島さんをイカせたんだ）

ようやく実感がこみ上げる。濡れた口許を手の甲で拭《ぬぐ》えば、やけに生々しい匂いが皮膚にこびりついた。

4

「ひ、ひどいです……見るだけって言ったのに」

オルガスムスの余韻から抜け出した朝江が、涙目でなじる。

「ごめん。西島さんのアソコが、すごく魅力的だったから」

「魅力的——」

彼女は目を見開き、驚きをあらわにした。あんなところが魅力的のはずないと、眼差しが訴えている。

「本当だよ。女らしくてとっても素敵だったし、いい匂いがしたんだ」

「に、匂いなんてするはずないです。ちゃんと洗ったんですから」

やはり事前に清めていたのだ。さすがにクリトリスに恥垢が残っていたなんて言えるはずがなく、和良は「いや、ホントだよ」と詳細を省いた。

「と、とにかく、次はわたしの番ですからねっ」

憤慨《ふんがい》をあらわに睨《にら》みつけてきたのは、照れ隠しからだろう。クンニリングスをされたこと以上に、はしたなく昇りつめたことが恥ずかしいのではないか。

「わかった」

和良は朝江と交代してベッドに横たわった。そのとき、自分から下を脱がなかったのは理由がある。

(うう……すごく勃ってるよ)

処女にクンニリングスを施したことで、いつになく昂奮《こうふん》したようだ。股間の分身は力を漲《みなぎ》らせ、一二〇パーセントの膨張率で強ばりきっている。そう簡単にはおとなしくなりそうにない。

そんなものをいきなり見せつけたら、彼女がショックを受けるのではないかと懸念したのである。それに、どこまで本気なのかを見極めたかった。

「え、脱がないんですか?」

自らは下半身を脱いだままで、きょとんとした顔を見せた朝江に、和良は「うん」とうなずいた。

「え?」

「西島さんが脱がせてよ。ただ、気をつけて。おれのそこ、もう勃起してるから」

「西島さんのアソコを舐めて、すごく昂奮したんだよ。だからギンギンになってるんだ」

バージンの保母が息を呑んだのがわかった。和良の股間に視線を注ぎ、そこが隆起しているのを認めて表情を強ばらせる。

（どうするのかな？　脱がせるのか、それとも諦めるのか……）

見られていたら行動しにくいだろうと、和良は目を閉じた。そのまま身じろぎもせずにいれば、だいぶ時間が経ってからベルトに手がかけられる。

おっかなびっくりという手つきながら、朝江はズボンの前を開いた。腰を浮かせると、ちゃんと脱がせてくれる。だが、彼女自身がそうしたみたいに、さすがに下着ごと奪うことはできなかったようだ。

ズボンが爪先《つまさき》から抜かれ、下半身はブリーフのみとなる。薄い布の前面が大きく盛りあがっているのが見なくてもわかった。そこは少しも強ばりを解かず、脈打ち続けていたからだ。

そうなると、今度は和良のほうが恥ずかしくなる。視線を感じる高まりが、いっそう雄々しく猛《たけ》った。

「あん、すごい……」

つぶやきが聞こえて、ますます居たたまれなくなる。いっそのこと、さっさと脱がせてもらったほうが、まだ気が楽だった。

ところが、朝江はなかなかブリーフに手をかけない。やはりためらっているのだろう。昂奮状態を目の当たりにして、怖くなったのかもしれない。

（だったら、さっさと諦めてくれないかな）

そう声をかけようとしたとき、牡の隆起に触れるものがあった。

「あうっ」

不意打ちの快美に、腰がビクンと跳ねる。それに驚いたのか、高まりが柔らかなものでキュッと包み込まれた。

「やん、硬い」

その声ではっきりする。勃起した牡器官を、朝江が手で確かめているのだ。

（まさか、さわるなんて——）

いきなりそんなことをするとは思わなかった。だが、おそらくブリーフを穿《は》いていたから、触れることができたのだろう。肉色の禍々《まがまが》しい器官を目にすれば、とてもそんな勇気は出せなかったに違いない。

一度触れたことで吹っ切れたのか、握り方が強くなる。さするように動き、意図してではないのだろうが快さを与えてくれた。

「うう……」

和良は呻《うめ》き、腰を震わせた。ペニスがいっそう逞《たくま》しくふくらんでも、処女の手がはずされることはなかった。

「本当に硬くなるんだ、ペニスって」

感心した声に続き、真下の陰嚢《いんのう》もブリーフ越しに撫でられる。それもたまらなく気持ちよくて、呼吸が否応なくはずんだ。

「これがキンタマ……」

口にされた子供っぽい単語に、ほほ笑ましさを感じる余裕もない。むしろ、背徳的な悦びが高まる。

じゅわ――。

尿道を熱いものが伝う。前触れ液が溢《あふ》れてしまったようだ。それだけ昂奮させられていることを、和良は自覚した。しかも、男性経験のないバージンの愛撫で。

「あ、濡れてる」

鈴割れから滲み出したものが、ブリーフに染み込んだのだろう。みっともないシミを朝江に見つけられてしまったのだ。

間をおかずに、その部分に指が触れる。

「くうぅ」

敏感な部分を刺激され、またも和良は呻いた。目を閉じているせいか感覚が研ぎ澄まされ、ちょっとしたことでも感じてしまう。

「ヌルヌルしてる……精液じゃないみたいだし、これがアレなのかしら」

どうやらカウパー腺液に関する知識はあるらしい。ということは、こちらが昂ぶっていることも知られたわけである。

（この子、本当に経験がないのか？）

処女にしては大胆すぎる気がして、疑わずにいられない。もっとも、何も知らないからこそ無邪気に振る舞えるともとれる。観察の仕方もつぶやかれる内容も、いかにも好奇心旺盛な少女という感じだ。

彼女の指はさらに牡器官を探索し、くびれ部分の段差を執拗《しつよう》になぞった。ただの棒ではないことを、不思議に感じたのだろうか。

「む……ううう」

唇をしっかり結んでも、太い鼻息がこぼれる。愛撫とは異なるタッチにもかかわらず、快感はぐんぐんと高まった。

ただ、一方的に弄《もてあそ》ばれるばかりだから、羞恥も募る。自分がこの状況を導いたのであるが、まさかこんな展開になるとは予想していなかったのだ。

そして、あまりの恥ずかしさに、今さら目を開けることができなくなった。そんなことをして朝江と目が合えば、堪えきれずに逃げ出すかもしれない。

（ああ、もう、早くしてくれよ）

勃起したペニスがどんなものかさっさと確認して、終わりにしてもらいたい。さりとて、こちらから脱がせてくれとも言えず、ひたすら辱《はずかし》めに耐えるしかなかった。

高まりから指がはずされ、ようやくブリーフのゴムに手がかかる。和良は待ちきれなくて、言われずとも腰を浮かせた。

下着越しに触れたことで、勃起したペニスがどういうものか、ある程度わかったのだろう。朝江はゴムが亀頭に引っかからないよう、前をちゃんとめくってから脱がせたのである。

そうやって冷静に対処できるということは、ナマの肉器官を目にしても今さら驚かないことを意味する。実際、その部分が外気に触れたときも、「やん」と小さな声が聞こえただけであった。

むしろ和良のほうが、羞恥に頬を熱くした。

（ああ、見られた……）

腰の裏がムズムズして、少しも落ち着かない。ブリーフが足から抜かれ、下半身をまる出しにされたことで、いよいよ俎板《まないた》の鯉の心境に陥る。

そこに至っても瞼が開けられなかったのは、恥ずかしいためばかりではなかった。一方的に触れられる状態をキープすることで、和良は彼女と共犯になることから逃れようとしていたのだ。

(西島さんは保母として成長するために、男の勉強をしたいだけなんだ。おれはただ、それに協力してるだけなんだからな)

自らに言い聞かせ、とにかく無心であろうと努める。これ以上、妙な展開に誘導してはならないと。

そもそも、保育園には香澄美を訪ねていったはずなのである。なのに、そこで会った新人保母と、その日のうちにこんなことをするのは、あまりに節操がなさ過ぎる。さらに親密な関係になっては、香澄美に想いを寄せる資格がない。

とは言え、未だ穢されていない女性器を見たばかりか、クンニリングスまでしてしまった。今さら遅いと、もちろんわかっている。ただ、手遅れかもしれないが、それでもけじめをつけなければと考えたのだ。

けれど、そんな決心を嘲笑《あざわら》うように、朝江がいきり立つ男根を握る。

「むうっ」

当然ながらブリーフ越しよりも快《こころよ》い。手指の柔らかさや温もりもダイレクトに感じられ、呻かずにいられなかった。

「熱い……ビクビクしてる」

彼女のほうもナマ勃起のさわり心地に感動しているようだ。口調に少しも怯えが感じられない。

（これならもう、だいじょうぶじゃないのかな？）

大人のペニスも平気になったのだ。幼児のせいぜいアスパラガス程度の勃起ぐらい、どうということはないだろう。

だが、朝江はまだ満足し切れていないふうに、屹立《きつりつ》をゆるゆるとしごく。程なく包皮をうまくスライドさせる方法を会得して、リズミカルな動きで牡に悦びを与えた。

「あ、あ、うう」

和良は浮かせ気味にした腰をピクピクと震わせ、愉悦に喘ぐばかりであった。先走りがとめどなく溢れているようで、それが亀頭粘膜に塗り広げられる。

「すごく出てる……気持ちいいんだわ」

透明な粘液がどういうものか、やはり知っているらしい。それをたっぷりまといつかせた指で、またもくびれ部分を刺激しだした。

たまらず声をあげれば、嬉しそうなつぶやきが聞こえる。

「ここが感じるのね」

女性のクリトリスと同じであると理解したのではないか。さっきさんざんにねぶられたお返しのつもりか、執拗にこすり続ける。

「うああ、あ、やめて」

和良はとうとう降参した。たしかに気持ちいいのであるが、くすぐったさも強い。射精に至る前に悶絶しそうであった。

しかし、返ってきたのは、

「やめません」

という、実に素っ気ない返答であった。おまけに朝江は、握りなおした強ばりをリズミカルにしごいた。

「むはっ、あ――うあああ」

亀頭やくびれをさんざん刺激されたあとだけに、脳が蕩《とろ》けるほどに快い。和良は体軀を波打たせて歓喜にまみれた。

いったい彼女は、いつまでこんなことを続けるつもりなのだろう。まさか、精液を出す
「うう、む――くああ」

までということはあるまい。

(だいたい、単にペニスを見たいってことだったんだよな)

あるいは、クンニリングスで絶頂させられたから、自分もそこまでしなければと思い込んだのか。だとすれば、やり過ぎた自分がいけなかったことになる。まさに自業自得、因果応報《いんがおうほう》か。

「も、もういいだろ?」

息も絶え絶えに問いかけても、

「もうちょっと」

と、曖昧《あいまい》な答え方をされる。それはさっき、和良が彼女に告げたのと、まったく同じ言葉であった。

(やっぱりお返しのつもりなんだな)

朝江がクスクス笑っている気配を感じ、そうに違いないと確信する。だが、わかったところでどうすることもできない。相変わらず瞼を閉じたまま、与えられる悦びに身悶《もだ》えるのみだ。

クチュクチュクチュ……。

しごかれる分身が淫らな粘つきを立てる。多量に溢れたカウパー腺液が、包皮に巻かれて泡立っているのだ。

「透明なのがいっぱい出てますよ」

いちいち報告されると、ますます居たたまれない。和良は言い返すこともできず、瞼と唇をギュッと閉じていた。

すると、もう一方の手が陰嚢に触れる。縮れ毛にまみれた牡の急所を、厭うことなくすりすりと撫でた。

「あ、あああっ」

快感が高まり、頭の芯が痺れる。いっそう粘っこくなった先走りが、鈴口からトロリと溢れたようだ。

「ここも気持ちいいんですね」

強ばりきった筒肉と、キュッと持ちあがった玉袋が同時に愛撫される。淫らなバージンは、早くも牡を愛撫するコツを会得したようだ。

いや、淫らというのは当たっていない。彼女はあくまでも、好奇心のまま振る舞っているのだから。

「面白いですね、ペニスって」

そんなことを口にする余裕も生まれたようだ。

（もういや……どうなっても）

ここまで来たら、ジタバタしても始まらない。とにかく好きなようにさせればいいと、和良は流れに身を任せることにした。そうして気が楽になったおかげか、劣情の滾《たぎ》りがこみ上げてくる。

「あ、あ、出るよ」

焦って告げても、朝江は動じることがなかった。

「射精するんですか？　見せてください」

そうして、リズミカルに牡の漲りをこする。もちろん、陰嚢も優しく揉み撫でながら。

「あうう、いく——出るよ。ホントに出る」

瞼の裏に快楽の星が瞬く。全身が愉悦に巻き込まれ、鼠蹊部が甘く痺れた。

びゅるん——。

牡の体液が勢いよくほとばしる。それがどこに向かって飛んだのか、目を閉じていた和良が知るよしもなかった。

というより、そんなことなどどうでもよく思えるほどの、狂おしい悦びに包まれていたのである。

「あ、あ、すごい。どんどん出る」

驚きの声を発しながら、彼女が愛撫の手を休めなかったのは、そうしたほうが快いと言われずとも察したからではないのか。本能的なものか、それとも男性器を執拗に弄んだおかげなのかはわからないが。

(すごい……よすぎる——)

これが初めてである処女の愛撫とは、とても信じられない。全神経が蕩かされる快さに、和良はハッハッと息を荒ぶらせた。

間もなく放出がやみ、尿道に残ったザーメンも搾り出される。それでようやく、萎《な》えかけた牡器官から指がはずされた。

「これが射精なんですね。精液がすごくいっぱい出ましたよ。あんなに飛ぶとは思いませんでした」

昂揚した声で報告されても、気恥ずかしいだけだ。和良は何も言わずに、オルガスムスの余韻にひたった。

と、射精の疲れが出たのか、眠気が忍び寄ってくる。

朝江がティッシュで後始末を始めたようだ。飛び散った精液を拭い、ペニスも清めてくれる。射精後の過敏になった粘膜をこすられ、反射的に腰が浮いた。

「不思議な匂いなんですね、精液って——」

その声を耳にして程なく、和良は眠りに落ちた。

5

目が覚めたとき、和良は朝江に添い寝されていた。それも、トレーナーの胸元に顔を埋めるようにして。

「おはようございます。って、まだ夜ですけど」

あどけない笑顔で冗談を言われても、完全には状況を把握していない和良は、瞬きを繰り返すばかりだった。

「——あれ、今何時？」

ようやく出てきた質問も、ひどく間の抜けたものだったであろう。

「十時過ぎです。駒木さん、一時間ぐらい眠ってましたよ。すごく気持ちよさそうに」

言われて、射精したあと眠りに落ちたことを思い出す。途端に、頬が燃えるように熱くなった。彼女が慈《いつく》しむ眼差しでこちらを見つめていたために、気恥ずかしくなったせいもある。

「あ、あの……ごめん」

謝ると、バージンの保母はきょとんとした顔を見せた。

「え、どうしてですか？　わたしは駒木さんのおかげで、ペニスが怖くなくなったんですよ。むしろわたしがお礼を言うべきなのに」

もっともな疑問を口にされ、何も言えなくなる。と、いつの間にか復活していた牡のシンボルに、再び柔らかな指が巻きついた。

「あうう」

だらしなく呻いてしまうと、朝江は愉《たの》しげに目を細めた。

「これ、精液を出したら小さくなったんですけど、駒木さんが寝ているあいだにまた大きくなったんですよ。わたしは何もしていないのに」

睡眠時の生理的な作用で勃起したらしい。だが、そう説明するより前に、彼女が正解を口にした。

「こういうの、アサダチって言うんですよね？　今は朝じゃないですけど」

「そうだね」

快さと恥ずかしさにまみれつつ、和良はうなずいた。幼児の勃起に動揺する純情な処女ながら、性的な知識は成人女性相応に持っていたようである。要は経験が知識に追いついていなかっただけで、牡を愛撫して射精に導いた今は、ようやくバランスが取れたと言えよう。

朝江のむっちりした太腿が、自分のものと重なっている。ふたりとも下半身を脱いだままであることに気がつき、劣情もふくれあがった。

「西島さん、すごく気持ちいいよ。とってもじょうずだね」

褒めると、バージンの頬が紅く染まる。それでも手の動きを休めることなく、筒肉をしごき続けた。

そのとき、やけに甘ったるい香りが漂っていることに和良は気がついた。どこか懐かしいなまめかしさを感じるそれは、若い保母の腋《わき》の下から漂っているようだ。

ペニスを愛撫して昂ぶり、汗ばんだのであろう。もしかしたらそこも陰部と同じように、濃い毛が伸びっぱなしなのかもしれない。

(服を着てても匂うってことは、やっぱり体臭が強いのかな)

しかし、決して不快ではない。むしろ女性らしく馥郁《ふくいく》とした香りに、安らぎさえ感じた。添い寝されてペニスをしごかれ、ずっと甘えていたい気分にもさせられる。

十歳も年下なのに、今は少しもそんな気がしない。彼女から溢れる母性に、和良はうっとりして身を任せた。柔らかな胸元に顔を埋め、漂う官能的な香りを深々と吸い込む。

「西島さんは、本当にいい保母さんになれると思うよ」

その言葉が自然と出た。

「え、どうしてですか？」

「こうしてると、すごく安心するんだ。嫌なことも忘れて、甘えたくなるんだよ。たぶん子供たちも、西島さんに抱きしめられたら同じ気持ちになるんじゃないかな」

「……そうでしょうか？」

「うん。おれが保証するよ」

実際、和良は胸の内にあったさまざまなわだかまりが、すべて消えていることに気がついた。あとでまた後悔がぶり返すのかもしれないが、それでも少しはマシになるに違いないと信じられた。

（このひとに会えてよかったな……）

素直にそう思える。

「あの、駒木さん」

呼びかけられ、和良は顔をあげた。

「え、なに？」

「法事でこちらに帰省されたっておっしゃってましたけど、いつ東京に戻られるんですか？」

「ああ、日曜日の予定だけど」

「そうですか……」

朝江はどこか寂しそうな表情である。会ってから数時間しか経っていないのに、性的な戯《たわむ》れに耽《ふけ》ったことで情が移ったのか。

そして和良のほうも、もうすぐ東京に戻ることを思い出したせいで、香澄美のことを考えてしまう。

（もう一度会いたい――）

会ってどうしたいと、具体的な何かがあるわけではない。屋上で抱きしめてしまったせいもあり、気まずさもあった。

ただ、せめてもう一度、顔を見たかった。

「あ、駒木さんの携帯番号、明日生田さんに伝えますね」

朝江の言葉に、和良は「うん、お願いするよ」と答えた。だが、番号を知った香澄美が連絡してくれるとは限らない。彼女も気まずく感じているかもしれないのだから。

「あの、それから、駒木さんにお願いがあるんですけど」

「うん、なに？」

「またこちらに戻られることがあって、そのとき、まだわたしがバージンのままだったら、セックスも教えていただけますか？」

ストレートな頼み事に、和良は絶句した。だが、年下の処女が生真面目《きまじめ》な顔をしているのを見て、望みを叶えてあげたい気になる。

「わかった。でも、いつになるかわからないよ」

「かまいません。あくまでも、わたしがバージンだったらってことですから」

「うん。でも、きっとそのときには、西島さんには彼氏がいると思うよ。だって、こんなに素敵な女性なんだから」

朝江がはにかみ、手にした強ばりを強く握る。そこから温かな情愛が伝わってくるのを感じた。

「じゃあ、約束のしるしってことで、もう一度気持ちよくしてあげますね」

身を起こした彼女が、屹立の真上に顔を寄せる。まさかと思う間もなく、ふくらみきった亀頭をすっぽりと含んだ。

「くはぁ」

和良はたまらず喘ぎ、腰をカクカクと上下させた。

舌が躍り、敏感な粘膜を吸いねぶる。筒肉に回った指が上下して、強ばりきったところをしごいた。

（なんて気持ちいいんだ）

目の奥が絞られるような快感に、和良は膝を曲げ伸ばしして悶えた。

クンニリングスのお礼のつもりで、朝江はフェラチオを始めたのか。いや、単に知識としてあった愛撫を実践しているだけなのだろう。そして、手のときと同じように、怖々だった舌づかいがみるみる上達した。

このままではイカされるのは時間の問題だ。処女の一方的な奉仕で二度も爆発するのは、さすがに男としてどうかというところ。

「西島さん、いっしょに気持ちよくなろう」

和良は手をのばし、うずくまっている朝江の足首を掴《つか》んだ。引き寄せることで、何を求められているのか彼女も察したようだ。

躊躇《ちゅうちょ》しながらも、処女が逆向きで重なってくる。もっちりした重たげなヒップと、濃い恥毛に隠れた秘園を男の眼前に差し出した。

むわ――。

さっきより濃厚になった、いや、熟成されたと言っていい女臭が鼻腔に流れ込む。クンニリングスで達したあとも、牡を愛撫しながら新鮮な蜜とフェロモンを分泌していたに違いない。

和良はためらうことなく、たわわな処女尻を抱き寄せた。柔らかな重みを顔面で受けとめ、窒息しそうになりながらもかぐわしい女芯をねぶる。

「ふぅううう ーッ」

ペニスを頬張ったまま、朝江がよがる。豊臀がすぼまり、短い恥毛が萌える谷で、牡の鼻面を挟み込んだ。

(ああ、たまらない)

保母の香りに包まれて、和良は一心に舌を躍らせた。

第五章　ひと晩だけの女

1

東京へ戻る前日、夕方近くになって携帯に電話があった。

「はい、駒木です」

帰京の準備でバッグに荷物を詰めていた和良は、ディスプレイに表示された番号を確かめずに受けたのである。相手が誰なのか、まったく考えもしないで。

『あ、駒木君……わたしです』

名乗られなくても、すぐにわかった。待ち望んでいた女性であったからだ。

「さ、桜井さん――」

あとは言葉が出てこない。バッグに入れようとしていた土産の包みを床に落とし、茫然《ぼうぜん》となる。

『このあいだ、保育園に来てくれたんだよね。西島さんから聞いたの。ごめんね、留守にしてて』

「――い、いや、それはしょうがないよ」

『携帯番号も聞いたからすぐに連絡したかったんだけど、電話で話すだけじゃなんだから、会える時間ができてからにしようって思ったの』

「そうなんだ……」

『明日は東京に帰るんでしょ？　それで、急で悪いんだけど、これから会える？』

願っていたことを告げられ、和良は天にも昇る心地であった。

「は、はい！」

即座に返事をすると、香澄美がクスッと笑ったのがわかった。そんなにせっかちだったろうかと、頬《ほお》が熱くなる。

『だったら、これから駅前まで来てもらえる？』

「うん、すぐに出るよ」

『じゃあ、あとで』

電話を切ると、和良は急いで外出の支度をした。ただ、気になることがなかったわけではない。

（桜井さん、こんな時間に外に出るのを、よく許してもらえたな）

生田の義父母は何も言わなかったのだろうか。ただ、自分のために彼女が時間をつくってくれたことは、単純に嬉しかった。

駅に着くと、香澄美は先に来ていた。

「ごめん。待たせちゃったかな？」

駆け寄ると、彼女は淑《しと》やかな笑みをこぼした。

「ううん。こちらこそごめんね。こんなところまで呼び出して」

「いや、東京に戻る前に、桜井さんともう一度会いたかったから、電話をもらえてすごくうれしかったよ」

気持ちを正直に告げると、香澄美が恥ずかしそうにうつむく。あからさま過ぎたかと、和良の頬も火照《ほて》った。それを誤魔化《ごまか》すために、彼女に確認する。

「だけど、だいじょうぶなの？」

「え、なにが？」

「外出。前にみんなと飲んだとき、桜井さんは結婚してから、あまり外に出してもらえないみたいなことを聞いたから」

「ああ……」

香澄美は納得したふうにうなずいたものの、「そんなことないのよ」と否定した。

「単にわたしが遠慮してただけなの。生田のお義父《とう》様もお義母《かあ》様も、そこまで厳しいことは言わなかったわ。ただ、夫はいい顔をしないから、むしろそっちに気を遣ったかもしれないけど」

義父母ではなく、旦那が外に出ることを好まなかったのか。案外嫉妬《しっと》深いようである。だから和良に対しても、妻に会いに来たのかと不快感を募《つの》らせ、対抗意識を剝《む》き出しにしたのではないか。

「実は、さっきまで優子たちといっしょだったのよ」

「あ、そうだったんだ」

「みんなは帰ったけど、わたしは駒木君に会うから残ったの。いちおう、まだ彼女たちといっしょっていうことになってるわけ。何かのときには、優子が夫にアリバイを証言してくれるわ。まあ、そんな必要はないだろうけど」

そこまでお膳立てをしてくれたとは。時間も気にしなくてもよさそうで、あやしい期待がこみ上げる。

（――って、調子に乗るんじゃないよ。桜井さんは、そんなふしだらなひとじゃないんだから）

自らを戒《いまし》めつつ、和良は彼女に訊《たず》ねた。

「じゃあ、おれと会うって、優子さんたちも知ってるの？」

「ううん。たまには羽を伸ばしたいってことでお願いしたのよ。ウチのひとが入院してるって、駒木君が優子たちに教えてくれたんだよね。大変だろうって、みんなわかってくれたわ」

同級生のよしみで協力したということか。いくつになっても、そして交流が稀《まれ》になっても、友達は友達なのだ。

「ねえ、飲みに行かない？」

香澄美の誘いに、和良は戸惑《とまど》った。

「え、もうみんなと飲んだんじゃないの？」

「ランチのワインを一杯飲んだだけだもの。家だと飲むことなんてないから、たまには酔ってみたいわ」

人妻の眼差《まなざ》しがやけに艶《つや》っぽく感じられ、胸が高鳴る。今は嫁であることも、妻であることも忘れて、一夜を愉《たの》しみたいと思っているのではないか。その相手に選ばれただけでも光栄である。

（だからって、妙な期待はするんじゃないぞ）

もう一度自らに言い聞かせ、気を引き締める。彼女の夫の前でやらかしたみたいな失態を、二度としてはならない。あれだって、自分本位の一方的な思い込みから突っ走った結果なのだ。

　ふたりで入った店は、駅前の個室居酒屋だった。個室と言っても、それぞれの席が簾《すだれ》で区切られている程度だから、プライバシーが完全に守られているわけではない。もっとも、こういう場では他の席のことなど、誰も気にしないものであるが。

　とりあえず生ビールで乾杯すると、香澄美は美味しそうに喉《のど》を上下させた。

「ああ、こういうのって、すごく久しぶりだわ」

　ジョッキを置いて明るい笑顔を見せる。上唇《うわくちびる》のところにちょっぴり白い泡がついているのが可愛《かわい》い。

「喜んでもらえると、付き合った甲斐があるよ。いや、付き合ってもらってるのはおれのほうなのかな」

「そんなの、どっちでもいいじゃない。今は楽しく飲みましょう」

　それからふたりは、中学時代の思い出話に花を咲かせた。

　アルコールが入ったおかげか、病院で会ったときより会話がはずむ。もちろん、場所も関係しているのだろう。彼女も夫が入院しているところでは、さすがに談笑などできなかったであろうから。

それに、再会してからふたりの距離がぐっと近づいたことも、心を通わせる助けになっていた。屋上で抱きしめたことを思い出しても、気まずく感じなくて済むほどに。

そうやって一時間近くも経ったであろうか。

「あー、ホントに楽しいわ」

生ビールのあとは酎《ちゅう》ハイに変え、合わせて三杯も飲んだ香澄美が、頬をほんのり染めて言う。彼女とここまで打ち解けて話したのは初めてのことで、和良も同じ意見だった。

「おれもすごく楽しいよ。今回帰省したのは伯父《おじ》さんの法事に出るためだったんだけど、桜井さんに会えたことが一番うれしいかな」

「そんなバチ当たりなこと言ってると、伯父さんが化けて出るかもよ」

笑顔でたしなめた香澄美が、ふと真顔になる。小さくため息をつき、潤《うる》んだ眼差しで見つめてくる。

「……ありがとう、駒木君」

「え？」

「わたし、やっぱり疲れてたのね。特にあのひとが入院してから……気持ちも沈んでたし、思い詰めたみたいになってたところもあったわ」

「桜井さん……」

「それがここまで笑えるようになったのは、駒木君のおかげよ。本当にありがとう」

礼を述べられても、心から喜べなかったのは、彼女にはまだつらい現実が待ち受けているとわかっていたからだ。夫が元気になって退院するまでは、こういう気分転換ぐらいはできても、心から安らげるはずがないのだから。

「いや、おれなんかべつに……あ、そうだ」

「え、なに？」

「さっきも話したけど、ウチの会社、医療機器の販売をやってるんだ。それで、最新医療の情報もけっこう手に入るんだよ。病院に関しても、この分野はどこの病院の設備がしっかりしているとか、手術の成功例が多いのはどこで、どの先生がいいのかなんてことも。だから、旦那さんの病気のことで知りたいことがあったら、何でも遠慮なく訊いてほしいんだ」

医者でもない和良には、絶対に治る、大丈夫だなんて安請け合いをすることはできない。ただ、好きだった女の子が少しでも希望を持てるよう、力になりたかった。

「ありがとう、駒木君」

香澄美が白い歯をこぼす。とても優しい微笑だった。

「だけど、ウチのひとの病気のことなら、もうだいじょうぶよ。病院の先生たちも、ちゃん治るって太鼓判を押してくれたから」

「いや、だけど……」

藺美が口をすべらせたことが気になり、和良は素直に信じることができなかった。何か隠しているに違いないと。しかし、そんなことは香澄美に言えない。

「このあいだ、桜井さんはやけに沈んでいたように見えたし、心配なんだよ。何か気に病んでいることがあるんじゃないかって。だから力になりたいんだ」

会ったときの印象でそう感じたことを強調すると、香澄美が目を伏せる。たしかにそうだったと思い出したのか、かすかにうなずいたように見えた。

「うん……ありがとう。でも、あのひと自身は本当にだいじょうぶなの。ただ、他のことでちょっと問題があって、治療のことはまだちゃんと伝えてないんだけど」

「問題って？」

「子供は諦《あきら》めるようにって、お医者様に言われてるの。副作用で、そっちは駄目になっちゃうんだって」

2

（駄目になるって……つまり、男として不能になるってことか!?）

彼女は具体的な治療について述べなかった。それが投薬によるのか、それとも放射線治療の影響なのか、手術でそうなるのかはわからない。しかし、男性機能に支障が残るのは確からしい。

「じゃあ、桜井さんとは何もできなくなるの？」

ついあからさまなことを訊いてしまい、慌《あわ》てて口をつぐむ。すると、香澄美が顔をあげ、小さくかぶりを振った。

「そこまでにはならないんだって。まあ、多少は弱くなるかもしれないけど……ただ、妊娠は無理だって言われたの。もしもそうなったら、あのひとはわたしとしたがらなくなるだろうから、そうね、結果的にはできなくなることと同じかも」

「え、どういうこと？」

「だって、結婚の一番の目的は、生田家の跡継ぎをつくることにあったんだもの。それが無理だってわかったら、あのひとはきっとわたしを抱きたい気持ちにならないわ」

跡継ぎなどという前時代的な発言に、和良は困惑した。そんなことのためだけに結婚するものではないと思うのだが。

しかし、田舎《いなか》ではありがちな考えであることも確かだ。従姉《いとこ》の佐枝子が親戚からあれこれ言われたように、個人よりも家や家族が第一とされる傾向がある。それが良いか悪いかは別にして。

(でも、桜井さんの言うとおりだとしたら、あいつはもう、桜井さんとセックスしないってことなのか？)

一瞬、よかったと安堵《あんど》してしまった自分に、和良は自己嫌悪を覚えた。それは香澄美にとっても、ひどく残酷なことであるというのに。

「あのひとは長男だから、小さい頃からずっと言われてたみたい。嫁をとって家を継いで、生田家の家長としてしっかりやっていくようにって。だからわたしが許婚《いいなずけ》だっておじ祖父《じい》ちゃんから言われても、素直に受け入れたんじゃないかしら」

「え、許婚!?」

またも古風な、しかも意外すぎることを聞かされ、唖然《あぜん》となる。

「生田のお祖父ちゃんと、ウチのお祖父ちゃんは親友同士だったの。それで、お互いの孫を結婚させようって話が、早くからあったのよ。それこそ、わたしが物心つく前から」

「そんなに早くから？」

「わたしがそのことを聞かされたのは、十歳ぐらいのときだったけど。ただ、その前からあのひと——その当時はお兄ちゃんって呼んでたけど、お互いの家に行ったときとか、けっこう遊んでもらってたの。だから、お兄ちゃんと結婚するんだよってお祖父ちゃんから言われたときも、少しも抵抗はなかったわ」

繭美のことがふと頭に浮かぶ。みそっかすにせず遊んでくれた和良が初恋のひとだと、彼女は告白してくれた。香澄美も相手をしてくれた年上の男に、幼いながらも恋心を抱いたのではないか。

そして考えてみれば、佐枝子との関係も似たようなものなのだ。幼い頃の純粋な気持ちが、年上の異性への情愛に発展したのだから。

「ただ、結婚するんだって気持ちが一番盛りあがったのは、中学のときだったけどね」

香澄美は懐かしむ表情になると、はにかんで頬を緩《ゆる》めた。

「あの頃って、恋に恋する年頃じゃない。だから、自分には許婚がいるっていうだけでうれしくなっちゃったのね。みんなよりも一歩リードしてるみたいな気にもなってたし、ノートにあのひとの名前を書いたりとか、けっこう恥ずかしいこともしてたわ」

それは和良も知っていたから、無言でうなずいた。もっとも、あの当時は婚約までしていたとは思いもしなかったが。

「ただ、許婚って言っても、べつに結納を交わしたとか、書面で正式に約束した間柄じゃないの。祖父同士の口約束だけだったから、そのうちわたしたちのほうが、お互いにこれでいいのかって気持ちになっていったの。で、お祖父ちゃんが亡くなったら、自然と疎遠《そえん》になったわ。あのひとは大学に進んで就職したし、わたしも保育士の勉強があったから。それに、ウチの父も母も許婚のことなんてひと言も口にしなかったから、親同士には結婚させようって気持ちはなかったみたいね」

なんともあっさりしたものである。だが、当時のふたりは、どこまでの関係だったのだろう。結婚を前提にしての交際だったのなら、やはりセックスもしていたのか。

ふと疑問が湧《わ》いたものの、さすがにそんなことは訊けなかった。口ぶりからして、許婚という関係に舞いあがっていただけのようではあるが。

（大人っぽくなったように見えたのは、すでに許婚がいるからみんなとは違うって気持ちが、桜井さんにあったせいかもしれないな）

それが大人びた余裕を周囲に感じさせたのではないか。と、そうであってほしいという期待を込めて結論づける。

ただ、香澄美はともかく、俊秋のほうはどういう心境だったのだろう。幼い頃から長男だから跡継ぎになれなんて言い含められ、あまつさえ許婚まで決められたら、自分だったら間違いなく反発するに違いない。

しかし彼は、それを素直に受け入れたというのか。

(ひょっとしたら、あいつが覗《のぞ》きとかの悪さをしたのは、ストレスが高じてだったのかもしれないな)

若くして将来を一方的に決められたら、性格が歪《ゆが》んだとしても無理はない。

「だけど、結局旦那さんといっしょになったんだよね。それって、許婚の関係が生きていたってことなの?」

和良の質問に、香澄美は照れくさそうに苦笑した。

「まあ、それもなかったとは言えないけど、きっかけはウチの親が借金をこしらえたことだったの。そのときに生田家から援助してもらって、気がついたら結婚の話が再燃してたのよ」

それはつまり、借金の形《かた》に娘を差し出したということなのか。あまりに非道だと、和良は顔をしかめた。

しかし、それは早合点だったらしい。

「ああ、誤解しないで。親がお金を借りたから、わたしがお嫁に行ったってわけじゃないのよ。ただ、お互いにそういう年齢になってたし、いっしょになってもいいんじゃないかって話になっただけなの。まあ、親が主導で話を進められたのは否《いな》めないけどね」

かつて付き合った仲とは言え、そんなことで結婚が決められるものだろうか。とは言え、無理やりお見合いをさせられてなんて話も未だに聞くから、知った間柄なだけマシなのかもしれないが。

「桜井さんは、それでよかったの？」

ついストレートな質問をぶつけてしまい、和良は（しまった）と後悔した。あまりに不《ぶ》躾《しつけ》すぎると思ったのだ。

ところが、彼女はさほど困ったふうでもなく、「んー」と首をかしげた。

「正直なところ、わからないわ」

「わからないって……」

「どうしても結婚しろって命令されたわけじゃなくて、あのひとといっしょになることを決めたのはわたし自身よ。もちろんそれは、あのひとも同じだけど。強制じゃなくて、お互いに同意して結婚したの」

香澄美が酎ハイのグラスに口をつける。ひと口飲んで喉を潤してから、ふうと小さく息をついた。

「だけど、わたしたちに限ったことじゃなくて、どんな夫婦も結婚して本当によかったのかなんて、きっと添い遂《と》げるまでわからないんじゃないかしら。ううん、もしかしたら、それでも答えなんて出ないのかもしれない」

たしかにそうだなと、和良も同意してうなずいた。まだ結婚していないけれど、彼女の言葉が胸にすとんと落ちたのだ。

「ただ、少なくともあのひとと結婚したことを、後悔していないわ。あのひとが入院したときも、もう子供は無理だってお医者様に言われたときも、つらくないって言ったら嘘《うそ》になるけど、受け入れる覚悟ができたの。だから、結婚がよかったかどうかはともかく、これでいいんだって思ってるわ」

口調は穏やかでも、香澄美の言葉は力強かった。ただ、彼女たち夫婦がそれだけの強い絆《きずな》で結ばれているのだとわかり、胸もキリキリと痛む。

「ねえ、駒木君は彼女いるの？」

唐突な質問に、和良は目をぱちくりさせた。

「いや……いないけど」

「だけど、付き合ったことはあるんでしょ？」

「うん、まあ」

「そのひとと付き合ったこと、後悔してる？」

頭に浮かんだのは、別れたばかりの奈美だった。納得できない終わり方だったのは確かだが、

「……いや、後悔はないよ。彼女と付き合ったことで、得られたことがたくさんあるから」

口にしたことで、間違いなくそうだったのだと確信できる。

（そうだよな……おれが奈美を好きだった気持ちに、嘘はないんだから）

そして、香澄美を好きだったことも。

「わたしも駒木君と同じなの。あのひとからたくさんのものをもらったわ。だから、子供ができないとわかったら、あのひとはきっと落ち込むと思うけど、わたしがしっかりと支えてあげるつもりよ」

「うん。桜井さんならできるよ、きっと」

「ありがとう」

香澄美がほほ笑む。今回の帰郷で再会してから、いちばん綺麗な笑顔だった。

「ただ、どこまで力になってあげられるかはわからないわ。おそらくあのひとは、生田のご両親に対して申し訳ないって気持ちになると思うから」

「え、桜井さんに対してじゃなくて？」

「それもあるとは思うけど、何より生田家の跡継ぎを親に抱かせてあげられないことがつらいんじゃないかしら」

そこまで家督《かとく》が大事なのだろうか。命が助かるのなら、子供ができないことぐらいどうでもいいではないか。

「あのひとには弟と妹がいて、ふたりとも結婚して子供がいるの。将来的には、どちらかの甥《おい》っ子を養子にして、生田家を継がせることになるんじゃないかしら。ただ、やっぱり家長としては、子供がつくれないってつらいことだと思うの。ご両親も期待してたから。もちろん、生田のお義父様もお義母様も、孫よりは息子の命のほうが大事だって考えてるわよ。治療にはちゃんと賛成してくれてるし」

「それはそうだろうね」

「とにかく親の期待に応えたい、迷惑や面倒をかけられないっていうのが、あのひとの思いなの。だからわたしにも、看病はいいから仕事をするようにって言ったのよ」

「え、どういうこと？」

「入院の費用とか、生田のご両親が出してくれてるの。病室もわざわざ個室にして。あのひとはそれが心苦しいから、少しでもご両親の負担を減らすために、わたしが保育園に勤めることになったのよ」

傲慢《ごうまん》な男に見えたのは、長男としてしっかりしなければならないという意志の強さが前面に出ていたからかもしれない。だから悪さをしても、決してバレてはならなかったのだ。それは親の期待を裏切ることになるから。

(ただ狡《ずる》いだけの人間じゃなかったってことか)

病室で俊秋を責めてしまったことを、改めて後悔する。ただ、気持ちはずいぶんと楽になっていた。彼がどういう人間であるのかわかったからだ。良い点も悪い点も含めて。

(たしかにおれも言い過ぎたけど、元はと言えばあなたが悪いんですから——)

心の中で俊秋に告げる。好きな女の子を奪った嫌なやつを、今は対等な男同士として見ることができるようになっていた。

そして、香澄美がすべてを話してくれた今、自分も正直な気持ちを彼女に打ち明ける必要があった。

「実はおれ、桜井さんの旦那さんのこと、嫌なヤツだって思ってたんだ」

「え、どうして?」

「だって、おれは桜井さんのことが好きだったんだ。中学に入って、席が隣になったときからずっと」

十数年目にしてようやくできた告白に、胸がすっと軽くなる。ただ、彼女のほうは戸惑いがちに視線を泳がせた。

「だけど、桜井さんがあのひとを好きなこともわかってた。だから、すごく苦しかったんだよ。ようやく諦められたのは、大学で彼女ができてからだったかな」

「そ、そう……」

「今回、従姉に付き合ってあのひとのお見舞いに行ったときも、桜井さんはこいつを好きだったんだって思い出したらムカムカしたよ。昔はそんなふうに感じなかったけど、とにかく傲慢で厭味《いやみ》なヤツに思えたんだ。おまけに、桜井さんと結婚してたこともわかって、大ショックだったよ」

「……まあ、何でもストレートに言うところがあるから、あのひと」

香澄美がポツリと言う。妻としてのフォローにも、苛《いら》立つことはなかった。

「ただ、おれは今でも桜井さんが好きだよ。結婚していても関係ない。いや、むしろ、旦那さんのために頑張っている桜井さんが大好きなんだ」

今は人妻である同級生が目を潤ませる。こちらを真っ直ぐに見つめる目は、少女の頃と変わらず綺麗に澄んでいた。

「ありがとう……ごめんね」

「え？」

「中学のとき、駒木君がわたしのことを好きなんじゃないかって、なんとなく気づいてたの。だけど、わたしには許婚がいるんだからって、知らんぷりしてすましてたのよ。たぶん、優越感みたいなものもあったと思うわ。だからわたしは、駒木君に好きになってもらう価値のない、自意識過剰で嫌な女だったのよ」

「それはしょうがないよ。中学生のときなんて、みんな似たようなものだったし。自意識過剰なのは、おれもいっしょさ」

振り返れば気恥ずかしいだけの、思春期を一緒に過ごした間柄だからこそ、通じ合うものがある。ある種共犯めいた意識かもしれない。

「うん……あのね、わたしも駒木君が好きみたい」

「え？」

「あのひととの、夫婦のそういうのとは違って、もっとドキドキする感じがあるの。だから屋上で抱きしめられたとき、わたしはすごくうれしかったのよ。うまく言えないけど、嫁とか妻とかじゃなくて、女に戻れた気がしたの」

「桜井さん……」

「それに、駒木君は昔のままわたしを呼んでくれたから。ね、お願いしてもいい？」

「わたしはまた妻として、生田の嫁として頑張るつもりよ。だけど、今夜だけ忘れさせてもらえないかしら」

「え、なに？」

真摯《しんし》な眼差しが、胸の深いところまで迫ってくる。やたらと息苦しくて、不安もこみ上げた。

だが、逃げることはできない。逃げたくない。

「ね、今夜だけわたしを……女にして――」

思いの丈を込めた香澄美の言葉に、和良は息を呑《の》んだ。

3

駅にほど近い、ラブホテルの一室。

ひとときの快楽を貪《むさぼ》るための空間は、本来許されない関係を結ぶのに適している。彼女も今夜だけとわかっているから、ここを選んだのだろう。

先に和良がシャワーを浴び、交代して香澄美がバスルームに入る。そのとき、彼女の表情はいくらか強《こわ》ばっていたようであった。

腰にバスタオルを巻いただけの格好で、和良はベッドに腰かけた。

（おれ、ここで桜井さんと――）

ベッドはやけにクッションが利いており、そのせいで気持ちもフワフワして落ち着かない。夢でも見ているのではないかという心地にすらなった。

間もなくバスルームから現われた人妻を目にするなり、和良は感激の極みに至った。心臓がバクバクと高鳴り、全身に血潮が漲《みなぎ》るよう。

「ああ、桜井さん……綺麗だ」

シャワーの雫《しずく》が光る裸身にバスタオルを巻いただけの彼女に、目も心も奪われる。

「やだ……そんなに見ないで」

香澄美が頰を染め、小走りで駆け寄る。和良のすぐ隣に腰をおろすと、腕に縋《すが》りついた。

「ね、わかる？」

「え？」

「わたし、すごくドキドキしてるのよ」

たしかに、二の腕に押しつけられる胸のふくらみ越しに、鼓動がかすかに伝わってくる。だが、ドキドキしているのは和良も一緒だ。

「おれだってそうだよ。心臓がすごいことになってる」

「うん……わかるわ」

彼女が耳を胸にくっつける。

「ホントにすごい。心臓が壊れそうよ」

「そりゃそうだよ。だって、夢みたいなんだもの。ずっと好きだった桜井さんと、こんなことになるなんて」

「そういうこと、あんまり言わないで。恥ずかしいじゃない」

顔をあげた香澄美が、可愛く睨《にら》んでくる。三十路《みそじ》過ぎの人妻に、中学時代のあどけない面立ちがオーバーラップした。

彼女はそのまま顎《あご》を上向きにした。瞼《まぶた》が閉じられ、くちづけを求めているのだと悟《さと》る。

和良も頭を下げ、唇を重ねた。

（キスしてる……桜井さんと──）

ふにっとした柔らかさが、行為の現実感を高める。シャワーを浴びながら歯も磨いたようで、清涼な吐息が流れ込んできた。

メイクもかなり落ちているようだったが、それでも肌の若々しさは失われていない。中学時代とは言わないが、まだ彼女が結婚する前に戻り、恋人同士になって抱きあっている気がした。

「ん……」

吐息を小さくはずませた香澄美が、舌を与えてくれる。和良はうっとりして受け入れ、自らのものを絡《から》ませた。

唾液を行き交わせながら、舌で戯《たわむ》れあう。深いくちづけに肉体が火照り、シャワーの名残とは異なるもので肌が湿ってきた。

チュッ……ぴちゃ。

口許からあやしい水音がこぼれる。キスを続けながら、和良は彼女のバスタオルをはずした。

そして、裸身を重ねたままベッドに倒れ込む。

和良のバスタオルも奪われる。ふたりはすべてをさらけ出した姿で抱擁し、手足を絡ませながらくちづけに熱中した。

(ああ、これが桜井さんのからだなんだ)

柔肌を手で撫《な》で回し、なめらかさを堪能《たんのう》する。香澄美の手も背中や後頭部を情熱的に這《は》い、尻も撫でてくれた。

ならばと、和良もふっくらした丸みを愛撫する。熟《う》れた風情を湛《たた》える豊臀は、ぷりぷりして揉みごたえがあった。

「んぅ……」

香澄美がなじるように呻《うめ》く。だが、抵抗することなく男の手を好きにさせ、自らも手を移動させた。ぴったり重なった、ふたりのあいだへと。

そのとき、和良は自らの分身が少しもふくらんでいないことに気がついた。

(え——!?)

好きだった女の子とようやく親密になれ、気持ちも充分に高まっている。もちろん、女体を征服したいという欲望も。

なのに、その部分は知らぬ存ぜぬを決め込んでいるみたいに、おとなしいままであったのだ。

(どうしたんだよ、いったい)

焦《あせ》りを覚え、昂奮《こうふん》の信号を懸命に下半身へと送り込む。熟れ尻を揉み撫で、官能的な感触に劣情を滾《たぎ》らせた。

しかしながら、海綿体は少しも充血する気配を見せない。

程なく、香澄美の手が牡の中心に辿《たど》り着いた。軟《やわ》らかな器官を握られ、切ないまでの快《こころよ》さが広がる。しなやかな指は心地好い強弱も与えてくれたけれど、その部分はピクリとも反応しなかった。

唇がはずされる。頬を紅潮させた彼女の、濡《ぬ》れた瞳に困惑が浮かんでいた。

和良は居たたまれなくて視線をはずした。

「緊張してるの？」

優しい問いかけに、和良は「たぶん……」と小声で答えた。そんなことはないとわかっていたものの、他に答えようがなかったのだ。

「だいじょうぶよ。リラックスして」

同い年なのに姉のように振る舞い、香澄美がペニスを愛撫する。そこを握ったまま身を起こすと、仰向けになった男の股間に顔を伏せた。

「くうう」

亀頭を口に含まれ、ピチャピチャとしゃぶられる。くすぐったさの強い快感に、和良は身をよじった。

フェラチオをしながら、人妻の手は内腿をさすり、汗じみた鼠蹊《そけい》部も指でくすぐる。力なく垂れさがる陰嚢《いんのう》も持ちあげ、手のひらで転がしてくれた。

慈《いつく》しむような奉仕に、ようやくペニスがふくらむ兆しを示す。だが、せいぜい三割程度の、心許ない膨張だ。このペースでは、完全に勃起する前に夜が明けるかもしれない。

（これって、桜井さんとはしちゃいけないってことなのかな……）

見えない力が働いている気がする。やはり許されないことだから、神様がエレクトしないよう操作しているのではないか。

などと、あり得ないことを考えて落ち込んでいると、香澄美が牡器官から口をはずす。唾液に濡れた軟らかなものをじっと見つめ、摘《つま》んだ指でゆるゆるとしごいた。

やけに真剣な面持ちに、中学時代の彼女を思い出す。授業中、隣の席を盗み見たときも、こんなふうに真面目な顔をしていた。

もちろん、考えていることはあのときと違うのだろうが。

（きっとがっかりしてるよな）

せっかくその気になったのに、なんて役立たずの男だと軽蔑しているかもしれない。

と、視線に気がついたのか、香澄美がこちらを見る。和良と目が合うなり、うろたえたように赤面した。

「もう……またそんなに見て」

「あ、ごめん」

「でも、なんだか不思議よね」

「え？」

「あの頃は、こんなふうに駒木君のオチンチンをさわることになるなんて、思いもしなかったから」

あの頃というのが中学時代のことであるのは、すぐにわかった。和良が少女時代の彼女を思い出していたように、香澄美もまた、昔を懐かしんでいたのだろうか。

「ねえ、あのときもこんなふうになってたの？」

「え、こんなふうって……」

「オチンチンに毛が生えて、皮もしっかり剝《む》けてたの？」

あからさまな発言に、頬が熱くなる。貞淑な人妻が、まさかそんなことを口にするとは予想外だった。

けれど、軽蔑はしない。開けっ広げな会話のできる関係になれたことが、むしろ嬉しいぐらいだ。

「毛は生えてたけど、そこまで多くはなかったよ。皮が完全に剝けたのは、たしか中三のときじゃなかったかな」

「ふうん。それじゃ、初めて射精したのは？」

「それは中一のとき。風呂場でそこをいじってたら、いきなり出たんだ」

佐枝子にも打ち明けたことだから、特に抵抗もなく話すことができた。

「じゃあ、中学のときには自分でしてたのね」

オナニーのことを訊かれても驚かない。

「そうだね」

「毎日?」

「んー、それに近かったかも」

「へえ」

感心したような、悩ましいような、複雑な表情を香澄美は見せた。

「そっか……あの頃もしてたのね」

佐枝子と同じように、いくらかショックを受けたのだろうか。つぶやいて、今は完全に大人になったペニスをしごく。

露骨なやりとりが功を奏したか、それはさらにふくらんだ。ようやく半ばを過ぎて六割というところ。だが、鼠蹊部のあたりがムズムズしていたから、さらに膨張する準備はできていたようだ。

(桜井さんも自分でしてたの――?)

喉まで出かかった言葉を呑み込む。従姉にはできた質問も、さすがに香澄美には無理だった。同い年だけに、よりリアルな行為に感じられたせいもあるのだろう。

「じゃあ、これが初めて女のひとに入ったのはいつ？」

彼女の質問は続く。それはセックスという直接的な単語以上に、生々しく感じられた。

「えっと……二十歳ぐらいだったかな」

初体験は大学時代の彼女とだった。もっとも、和良が初めての男女交際に舞いあがりすぎていたためか、長く続かずに終わったのだが。

「ふうん。わたしよりも早いのね」

この発言に、和良はドキッとした。つまり、香澄美は俊秋と付き合っていた十代のときに、肉体関係を持たなかったことになる。

（そっか……やっぱり桜井さんは真面目だったんだな）

思っていた通りのひとだったとわかり、喜びが広がる。現金なもので、それが海綿体のさらなる充血を促《うなが》した。

なかなか勃起しなかったのは、今は夫婦であるふたりの関係が気になっていたせいなのかもしれない。胸に巣くっていたわだかまりが解消されたことで、血流を押し止めていたものがなくなったようだ。

「あ、大きくなったわ」

人妻同級生が口許をほころばせる。ピンとそそり立った肉棒に目を細め、絡めた指を上下させた。

「ああ……」

ペニスがふくらんだことで快感も高まる。和良は腰をぎくしゃくと上下させた。ただ、未だ完全勃起には至っていない。それが何に起因するのかはわからないが、硬度は九割というところだろう。漲りを送り込んでも、どこか心許なかった。

香澄美もそうとわかっていたのか、屹立《きつりつ》を再び咥《くわ》えようとする。

「あ、ちょっと待って」

「え?」

「いっしょにしようよ。おれの上に乗って」

和良は上半身を斜めに起こし、彼女の足首を摑《つか》んだ。それで何を求められているのか理解したようである。

「い、いっしょにって——わたし、そういうのってしたことないのよ」

香澄美が恥じらい、泣きそうに顔を歪める。その表情は、和良の劣情をいっそう煽《あお》った。

「だったら尚さらしたい。今だけは、桜井さんをおれだけのものにしたいんだ」

「やぁん、でも……」

「ね、お願いだから」

彼女は、今夜だけは妻であることも嫁であることも忘れ、女にしてほしいと言ったのである。普段はしないようなこともしたい気持ちがあったのではないか。強引に足を引っ張ると、渋々ながら逆向きで和良の胸を跨《また》いだ。

「やだぁ、こんなの」

羞恥に嘆《なげ》きながらも、丸々として重たげな熟れ尻を差し出す。

深い谷がぱっくりと割れ、色素がうっすら沈着した底をあらわに晒《さら》す。可憐なアヌスが恥ずかしそうにすぼまる真下に、淫靡《いんび》な肉の合わせ目があった。

（え――!?）

和良は目を瞠《みは》った。縁を菫色《すみれ》に染めた花弁がはみ出したそこは、霧《きり》でも吹いたみたいに透明な蜜がまぶされていたのだ。しかも、なまめかしい甘酸っぱさを漂わせて。

ペニスを愛撫しながら昂ぶったのか。それとも、その前に抱擁とくちづけを交わしたときからこうなったのか。どちらにせよ、女体が欲情をあからさまにしているのを目撃し、和良は目眩《めまい》を起こしそうになった。

同時に、最後の血流が海綿体にドクンと流れ込む。

「あ、すごい」

驚きの声を発した香澄美が、身を強ばらせる。柔らかな手に握られた分身は、限界までふくらみきっていた。

最後に残っていた懸念は、人妻が心から自分を求めているのかということだったのだ。ただの気まぐれか、あるいは同情でこういう機会を与えてくれただけではないかと気になって、男としての自信を持てずにいた。

けれど、彼女はちゃんとその気になっていた。恐れるものは何もない。

「あん……いつもこんなに硬くなるの？」

悩ましげな声がして、亀頭に温かな吐息がふわっとかかる。和良は問いかけには答えず、たわわな豊臀を抱き寄せた。

「キャッ」

悲鳴があがり、柔らかくもっちりした重みが顔面を潰す。続いて、濃厚な乳酪臭が鼻奥にまで流れ込んだ。

（ああ、桜井さんのおしり——）

感極まり、舌を出して女唇をねぶる。ほんのりしょっぱい甘露を、和良は貪欲にすすった。

「あ、あ、駄目ぇ」

香澄美が尻を振って逃れようとする。しかし、男の手にがっちりと抱え込まれていたから、どうすることもできなかった。恥ずかしいところを、容赦なく舐め回されてしまう。しかも、性的な目的に使用すべきではない、排泄口たるツボミまで。

「いやあッ。そ、そこは違うのぉ」

尻の谷を焦って閉じても、不埒《ふらち》な舌は言うことを聞かない。それどころか、慌ただしく収縮する放射状のシワを、いっそうねちっこく責め続けた。

（おれ、桜井さんのおしりの穴を舐めてる……）

和良は、最初からそこをターゲットに決めていたわけではなかった。ただ、恥唇をねぶったときに、キュッキュッと物欲しげにすぼまったのがあまりに可愛らしくて、つい舌をそちらに向けてしまったのだ。

シャワーを浴びたあとだから、匂いも味もほとんどない。ほんのちょっぴりだけしょっぱかったのは、抱擁とくちづけで汗ばんだからだろう。

それでも、ずっと好きだった同級生のアヌスは、たまらなく美味に感じられた。

「も、もう――」

香澄美がペニスを頬張り、咎《とが》めるように強く吸いたてる。口からはみ出した部分も、指の輪でゴシゴシとこすった。

だが、和良が再び女陰に戻り、敏感な肉芽を標的にしたことで、彼女はたちまち乱れだした。

「ぷは——あ、あ、そこぉ」

お気に入りのポイントを舌先で転がされ、ついばむように吸いたてられ、太腿をビクビクと痙攣《けいれん》させる。いきり立つペニスに両手でしがみつき、香澄美はすすり泣いて身をよじった。

「あああ、こ、駒木くぅん」

甘えた声で同級生の名前を呼び、それでもどうにか対抗しようとしてか、ふくらみきった亀頭にむしゃぶりつく。激しく吸いたて、舌を縦横に動かした。

互いを舐めあい、しゃぶりあい、湧き出る前触れのエキスをすすりあう。悦《よろこ》びが高まり、火照った肉体が汗を滲ませた。

もっと深く結ばれたいと欲したのは、ほぼ同時であったろう。和良がトロトロに濡れた女芯から口をはずすと、香澄美も猛る肉根を吐き出した。

「ねえ、これ、挿れて」

率直なおねだりに、即座に応える。交代してベッドに仰向けになった彼女に、和良は身を重ねた。立てた膝《ひざ》のあいだに腰を入れ、強ばりきったシンボルを濡れ割れにあてがう。

そこにのばされた手が、侵入すべきところに導いてくれた。

「こ、ここ」

口早に告げ、情念の溢れた眼差しで見つめてくる。それは間違いなく、男を求める女の顔であった。

「挿れるよ」

短く告げ、和良は腰を送った。クンニリングスでほぐれた蜜窟は、ほとんど抵抗なく牡の漲りを受け入れた。

「くううー」

香澄美が喉を反らし、子犬みたいな呻きを洩らす。ふたりの陰部がぴったり重なると、膣がキュッとすぼまった。

（ああ、入ってる……桜井さんと結ばれたんだ）

快さと感動に包まれ、和良は分身を脈打たせた。すると、彼女が悩ましげに「ああん」と喘ぐ。

「おれたち、ひとつになってるよ」

息をはずませながら告げると、香澄美は「うん……うん――」と何度もうなずいた。目尻に涙が光っており、和良も泣きそうになった。

「突いて……いっぱい」

声を詰まらせ気味にねだられて、直ちに気ぜわしいピストンを開始する。

「あ、あ、あん、あ──あふぅ」

艶めいた声が室内に反響し、熟れたボディがしなやかにくねる。すでに女の悦びに目覚めているようで、瞼を閉じた表情も歓喜に蕩けていた。

「き、気持ちいい……あん、もっとぉ」

香澄美は掲げた両脚を牡の腰に絡め、さらなる動きを求めて下半身をくねらせる。淫《みだ》らな要請に応えるべく、和良はリズミカルに腰を振り続けた。

(桜井さんのからだをここまで感じるようにしたのは、やっぱりあいつなのか──)

チラッと浮かんだ考えを、すぐさま打ち消す。今は余計なことを考えるべきではない。

彼女が女になりたいと言ったように、自分もひとりの男として悦びを共にすればいい。必要なのは、ただそれだけだ。

「ああ、あ、いいの、いい──こ、駒木君のオチンチン、すごくいいのぉ」

あられもない声に煽られ、和良は勢いよく女芯を突きまくった。

「おれも気持ちいい……桜井さんのオマンコ、最高だよ」

「いやあ……あ、あ、ホントに感じるぅ」

汗ばんだ裸身を重ね、性器を深く結びつけながら、唇も交わす。舌を絡ませ、温かな唾液を飲みあった。

（ああ、おれ、桜井さんとセックスしてる……チンポをマンコに挿れてるんだ）

それこそ中学生みたいな、下卑《げび》た表現で実感を強める。

すべての体液が行き交っているように思えるほどの、濃密なセックス。和良の抽送に合わせて、香澄美も熟れ腰をはずませた。

「ふは――あああ、気持ちいいッ」

くちづけをほどき、快感に裸体を波打たせる。

「すごいの……ああ、あ、イキそう」

頂上が近いことを告げ、彼女が呼吸を荒くする。温かくかぐわしい吐息が、顔にふわりとかかった。

「う、おれも」

和良も引き込まれ、本能のままに腰を振った。

「あうう、い、いっしょに」

「中に出していいの」

「うん、うん、あああ、いっぱいちょうだい」

許可を得て、いよいよフルスロットルでピストン運動を繰り出す。抉《えぐ》られる女芯がクチュクチュと泡立つほどに。

「あ、あ、すごい、イク——くううう、い、イッちゃうぅ」

「桜井さん、いくよ、出すよ」

「くはぁあああ、い、イク、いくッ、ふうううううっ！」

「むううう、で、出る」

呻いた和良がザーメンをしぶかせると、女体が弓なりにのけ反る。ヒクヒクとわなないてから、力尽きたようにベッドに沈み込んだ。

「くはっ、は——ああ……」

香澄美が気怠《けだる》げに喘ぎ、胸を大きく上下させる。彼女にからだをあずけ、和良もオルガスムスの余韻にどっぷりとひたった——。

4

見送りはいらないと、和良は言ったのである。ところが、佐枝子がわざわざ車を出して、駅まで送ってくれた。

「近いからいいのに。荷物だってそんなにないんだから」

助手席に坐ってから、ハンドルを握る従姉に文句を言えば、

「いいから黙ってなさい」

と、問答無用で言い返される。和良はやれやれと肩をすくめた。そのとき、彼女のミニスカートからのびるナマ脚が目に入り、思わずドキッとする。

（おれ、佐枝子姉ちゃんとしたんだよな……）

甘美なひとときが脳裏に蘇《よみがえ》る。だが、和良はすぐに消し去った。あれはなかったことにしようと、彼女に言われたのを思い出したのだ。

もっとも、本当に忘れられるかと言えば、自信はまったくないが。何しろ、初恋の女性と大人になってようやく結ばれたのだから。

「べつに忘れなくてもいいのよ」

まるでこちらの内心を見透かしたみたいに、佐枝子が唐突に言う。驚きすぎて、和良は心臓が壊れるかと思った。

「え、な、何を!?」

「カズ君とエッチしたこと。なかったことにしようって言ったのは、他のひとには内緒にしなさいって意味なんだからね。カズ君が思い出して、ひとりで愉しむだけならかまわな

いわ」

「な、なんだよ、それ」

「遠慮しないで、オナニーのオカズにしなさいってこと。彼女と別れて、当分は寂しい生活が続くんだから。そんなことでも役に立ってもらえれば、あたしもカラダを捧げた甲斐があるわ」

こちらを向いた従姉が、クスッとほほ笑む。妖艶な眼差しに、和良は不覚にも勃起しそうになった。

駅に着くと佐枝子は車から降りず、そのままお別れとなった。

「たまには帰ってきなさいよ。叔父さんや叔母さんは何も言わないかもしれないけど、きっと寂しいに決まってるんだから」

「うん、なるべくそうするよ」

「なんて言って、そんな気なんか全然ないくせに」

「いや、そんなことは……」

「でも、あたしの結婚式のときには帰ってきなさいよ」

「え、佐枝子姉ちゃん結婚するの!?」

思わず素《す》っ頓狂《とんきょう》な声をあげてしまい、通りがかった何人かがこちらを見る。

「バカ。もしもの話よ」

顔をしかめた佐枝子であったが、唇の端に思わせぶりな笑みを浮かべる。

「ま、だけど、案外遠い話じゃないかもよ」

それがただのハッタリなのか、それとも実際に親密な相手がいるのかはわからない。彼氏がいたら自分なんかとセックスをするはずがないとも思ったが、彼氏がいるからこそ、なかったことにしたとも考えられる。まあ、いずれそのときが来ればはっきりするのだろう。

「じゃ、気をつけて。元気でね」

「ありがとう。佐枝子姉ちゃんもね」

「さ、行きなさい」

「うん、それじゃ」

改札口に向かって歩き出した和良は、数歩進んでから振り返った。走り去る従姉の車を見送り、

（ありがとう、佐枝子姉ちゃん）

心の中で礼を述べた。

急行電車の指定席に坐ると、間もなくホームにオルゴール風のメロディが流れ、車窓の景色が動き出す。日曜日ということで、車内には他にも乗客がいたが、席は半分も埋まっていなかった。

後ろに流れゆく故郷の景色をぼんやり眺めながら、和良は昨夜のことを思い出していた。

『きっとだいじょうぶだよ——』

最初のセックスのあと、香澄美にそう告げたのだ。

『え、なにが?』

『旦那さんのこと。子供ができないってわかったからって、桜井さんをほうっておくはずないよ。だって、こんなに素敵で、魅力的なひとなんだから。また抱きたくなるに決まってるよ』

『……うん。そうだといいけど』

『だいじょうぶ。おれが保証するから』

そう言って、ふたりの淫液に濡れたペニスを握らせた。彼女の中にたっぷり放出したあとにもかかわらず、それは猛ったままであったのだ。

『え、どうしてまだ硬いの?』

『それだけ桜井さんに夢中だからだよ。桜井さんとだったら、何度でもしたいんだ』

和良は再び熟れた女体を組み敷き、漲りきった分身で貫《つらぬ》いた。彼女に喜悦の声をあげさせ、再びオルガスムスに導いてから、二回目のほとばしりを子宮口に浴びせたのだ。

ラブホテルから出たあと、ふたりは駅前で別れた。

『さようなら。ありがとう――』

香澄美は最後にそう言って、小さく手を振った。歩き出すと、二度とこちらを振り返ることはなかった。

（ありがとう、か――）

あれは何に対するお礼だったのだろう。苦労をねぎらい、励ましたことにか。それとも、一夜限りのセックスについてなのか。

考えかけて、和良はすぐに諦めた。どちらでもかまわないじゃないかと、自らに言い聞かせる。

（おれのほうこそありがとう……桜井さん――）

その名前を呼ぶことは、もう二度とあるまい。彼女は生田香澄美なのだから。

懐かしかった景色が、いつしか見慣れぬものになる。電車は確実に故郷を離れ、住むべき街のほうへと向かっていた。このあと新幹線に乗り換えれば、二時間と経たずに都会の高層ビルが迎えてくれるはず。

(夕方には東京だな)

そしてまた、帰郷前と同じ暮らしに戻るのだ。

ただ、気持ちは同じではない。大学に入るため上京した頃と同じように、新鮮な気持ちで生活を始められるのではないか。

和良はそう確信し、これからの日々に思いを馳せた。

一〇〇字書評

切・り・取・り・線

購買動機（新聞、雑誌名を記入するか、あるいは○をつけてください）

□（　　　　　　　　　　　　）の広告を見て
□（　　　　　　　　　　　　）の書評を見て
□ 知人のすすめで　　□ タイトルに惹かれて
□ カバーが良かったから　　□ 内容が面白そうだから
□ 好きな作家だから　　□ 好きな分野の本だから

・最近、最も感銘を受けた作品名をお書き下さい

・あなたのお好きな作家名をお書き下さい

・その他、ご要望がありましたらお書き下さい

住所	〒				
氏名		職業		年齢	
Eメール	※携帯には配信できません		新刊情報等のメール配信を 希望する・しない		

この本の感想を、編集部までお寄せいただけたらありがたく存じます。今後の企画の参考にさせていただきます。Eメールでも結構です。

いただいた「一〇〇字書評」は、新聞・雑誌等に紹介させていただくことがあります。その場合はお礼として特製図書カードを差し上げます。

前ページの原稿用紙に書評をお書きの上、切り取り、左記までお送り下さい。宛先の住所は不要です。

なお、ご記入いただいたお名前、ご住所等は、書評紹介の事前了解、謝礼のお届けのためだけに利用し、そのほかの目的のために利用することはありません。

〒一〇一－八七〇一
祥伝社文庫編集長　坂口芳和
電話　〇三（三二六五）二〇八〇

祥伝社ホームページの「ブックレビュー」からも、書き込めます。

http://www.shodensha.co.jp/bookreview/

祥伝社文庫

人妻同級生《ひとづまどうきゆうせい》

平成25年6月20日 初版第1刷発行

著者 橘《たちばな》 真児《しんじ》
発行者 竹内和芳
発行所 祥伝社《しょうでんしゃ》
東京都千代田区神田神保町3-3
〒101-8701
電話 03 (3265) 2081 (販売部)
電話 03 (3265) 2080 (編集部)
電話 03 (3265) 3622 (業務部)
http://www.shodensha.co.jp/

印刷所 堀内印刷
製本所 ナショナル製本
カバーフォーマットデザイン 芥 陽子

Printed in Japan ©2013, Shinji Tachibana ISBN978-4-396-33850-3 C0193

祥伝社文庫　今月の新刊

新堂冬樹　**帝王星**
夜の歌舞伎町を征するのは⁉　キャバクラ三部作完全決着。

小路幸也　**さくらの丘で**
亡き祖母が遺した西洋館。孫娘に託した思いとは？

藤谷　治　**ヌれ手にアワ**
渋谷で偶然耳にしたお宝話に、なんでもアリの争奪戦が勃発！

南　英男　**密告者**　雇われ刑事
スクープへの報復か⁉　敏腕記者殺害の裏を暴け。

梓林太郎　**紀の川殺人事件**
白昼の死角に消えた美女を追い、茶屋が奈良〜和歌山を奔る。

草凪　優　他　**秘本　緋の章**
熱く、火照る……。溢れ出るエロス。至高のアンソロジー。

橘　真児　**人妻同級生**
「ね、今夜だけ、わたしを……」八年ぶりの故郷、狂おしい夜。

富樫倫太郎　**たそがれの町**　市太郎人情控
仇と暮らすことになった若侍。彼は、いかなる道を選ぶのか。

仁木英之　**くるすの残光**
これぞ平成「風太郎」忍法帖！　痛快時代活劇、ここに開幕。

本間之英　**おくり櫛《ぐし》**
元旗本にして剣客職人・新次郎が、徳川宗家vs.甲府徳川の暗闘を斬る。

荒崎一海　霞幻十郎無常剣　**烟月《えんげつ》凄愴《せいそう》**
名君の血を引く若き剣客が、奉行の〝右腕〟として闇に挑む！